Régis Jauffret
Streng

C0-DUR-925

Zu diesem Buch

Im März 2005 wurde der französische Bankier Edouard Stern bei sadomasochistischen Sex-Spielen in seiner Luxuswohnung in Genf erschossen. Als man ihn fand, steckte er noch in einem Latexanzug. Seine Geliebte Cécile Brossard wurde im Juni 2009 wegen Mordes zu achteinhalb Jahren Haft verurteilt. Dem Prozess, der fast noch mehr Aufsehen erregte als die Tat selbst, wohnte Régis Jauffret bei und berichtete darüber in der französischen Wochenzeitung »Le Nouvel Observateur«. Die Affäre beschäftigte den Autor darüber hinaus so nachhaltig, dass er beschloss, all seine anderen Projekte hintanzustellen und sich stattdessen dem inneren Kosmos der Frau zu widmen, die über Jahre Sterns »Sex-Sekretärin« war. Herausgekommen ist ein brillanter Roman, der ebenso lakonisch wie fesselnd von den Höhen und Tiefen einer schmerzhaften Beziehung erzählt.

Régis Jauffret, 1955 in Marseille geboren, ist Autor eines Theaterstücks und zahlreicher, zum Teil preisgekrönter Romane. Für »Univers, univers« erhielt er den Prix Décembre, für »Asiles de fous« den Prix Femina. Régis Jauffret ist Vater von zwei Kindern und lebt in Paris.

Régis Jauffret

Streng

Roman

Aus dem Französischen von
Gaby Wurster

Piper München Zürich

Mehr über unsere Autoren und Bücher:
www.piper.de

Mix
Produktgruppe aus vorbildlich bewirtschafteten
Wäldern und anderen kontrollierten Herkünften
www.fsc.org Zert.-Nr. GFA-COC-001223
© 1996 Forest Stewardship Council

Deutsche Erstausgabe
Mai 2011
© 2010 Editions du Seuil, Paris
Titel der französischen Originalausgabe:
»Sévère«
© der deutschsprachigen Ausgabe:
2011 Piper Verlag GmbH, München
Umschlagkonzept: semper smile, München
Umschlaggestaltung und -motiv: Hafen Werbeagentur
Satz: Kösel, Krugzell
Papier: Munken Print von Arctic Paper Munkedals AB, Schweden
Druck und Bindung: CPI – Clausen & Bosse, Leck
Printed in Germany   ISBN 978-3-492-26463-1

EINLEITUNG

Die Fiktion wirft Licht wie eine Fackel. Ein Verbrechen wird immer im Schatten bleiben. Man nimmt den Schuldigen fest, klärt sein Motiv, man verurteilt und bestraft ihn, dennoch bleibt alles im Dunkeln wie ein Keller in einem sonnendurchfluteten Haus. Die Vorstellungskraft ist ein Werkzeug der Erkenntnis: Sie betrachtet die Dinge von ferne, sie taucht in Details ein, als wollte sie die Atome eines Moleküls erforschen, sie zerkleinert die Wirklichkeit, dehnt diese bis zum Bruch und reißt sie mit sich in ihren logischen Schlussfolgerungen, die per se nie bewiesen werden können.

Ja, aber die Fiktion lügt. Sie füllt die Zwischenräume mit Imaginärem, mit Klatsch und Tratsch, mit Verleumdungen, die sie nach und nach erfindet, um die Geschichte mit Stockschlägen voranzutreiben. Sie ist von Natur aus böswillig, so wie manche von Geburt an blau sind oder kreuzdumm. Und auch sie ist oft dumm. Wenn die Logik nicht mehr greift, überspringt die Fiktion den Verstand wie ein Hindernis. In diesen Momenten ist sie bar jeder Vernunft oder streckt diese gar mit einem schonungslosen Faustschlag nieder. Die Fiktion mag Sophismen genauso wie die Flegeleien des Gargantua, eines übermenschlichen Vielfraßes, ähnlich seinem Schöpfer. Oder Balzacs geizige, habgierige Kleinbürger; Gustave Flauberts Apotheker und Quacksalber de Homais; Prousts Madame Verdurin, eine schrecklich vulgäre, intrigante Person – all diese ungehobelten Figuren, die wie Dickhäuter durch wundervolle Romane trampeln, ungeschliffene Diamanten, die die Jahrhunderte überdauern und wegen denen die Menschen vergangener Zeiten, die aufeinanderfolgen wie die Züge einer Metro, sich im Grabe umdrehen.

In diesem Buch tauche ich in ein Verbrechen ein. Ich begutachte, fotografiere, filme es, zeichne es auf, schneide es zusammen und verfälsche es. Ich bin Schriftsteller, ich lüge wie ein Mörder: Ich habe weder Achtung vor den Lebenden noch vor den Toten, weder vor ihrem Ruf noch vor ihrer Moral. Vor der Moral schon gar nicht. Die Literatur, geschrieben von angepassten Spießern, die von Auszeichnungen und kleinen Schlösschen träumen, ist absolut rücksichtslos und zerstört alles auf ihrem Weg. Das gereicht ihr zur Ehre, das ist ihre Art, ehrlich zu sein: keinen Stein einer Geschichte auf dem anderen zu lassen, einer Geschichte, deren sie sich bedient, um einen kleinen Gegenstand aus

Papierseiten zu erschaffen, eine Datei aus Bits und Bytes, einer Geschichte, die man im Bett liest oder auf einer Klippe über dem Meer sitzend wie ein Chateaubriand aus dem Bilderbogen.

Ich würde nicht zögern, Ihnen die Kehle durchzuschneiden, wären Sie ein Satz, der mir gefällt und den ich so gut in einer kleinen Novelle unterbringen könnte wie meine Gewissensbisse darüber, dass ich Sie umgelegt hätte. Ich bin ein guter Mensch, Sie können mir Ihre Katze anvertrauen. Aber die Schreibfeder ist eine Waffe, mit der ich gern auf die Menge ziele. Und könnte Ihre Katze lesen, würden meine Sätze auch sie töten.

In einem Roman ist noch nie jemand gestorben. Denn es lebt niemand darin. Die Personen sind Puppen aus Wörtern, Abständen, Kommata, mit einer Haut aus Syntax. Der Tod geht durch sie hindurch wie Luft. Sie sind imaginär, sie haben nie existiert. Diese Geschichte ist nicht real, ich habe sie erfunden. Sollte jemand sie wiedererkennen, dann möge er sich ein Bad einlaufen lassen. Mit dem Kopf unter Wasser hört er sein Herz schlagen. Sätze haben kein Herz. Dumm wäre, wer sich in einem Buch gefangen glaubte.

R. J.

Ich lernte ihn an einem Frühlingsabend kennen. Ich wurde seine Geliebte. Den Latexoverall, den er zum Zeitpunkt seines Todes trug, hatte ich ihm geschenkt. Ich war seine Sex-Sekretärin. Er brachte mir den Umgang mit Waffen bei. Er schenkte mir einen Revolver. Ich knöpfte ihm eine Million Dollar ab. Er holte sie zurück. Ich erschoss ihn, eine Kugel zwischen die Augen. Er fiel mit dem Stuhl, an den ich ihn gefesselt hatte. Er atmete noch. Ich habe ihn erledigt. Dann ging ich duschen. Ich habe die Patronenhülsen eingesammelt, sie zusammen mit dem Revolver in die Handtasche gesteckt. Und hinter mir die Wohnungstür zugeschlagen.

Die Überwachungskamera hat aufgezeichnet, wie ich um 21 Uhr 30 das Haus verließ. Ich stieg in meinen Wagen. Draußen über dem See tobte ein Gewitter. Ich ignorierte rote Ampeln. Fuhr nach Hause. Sagte zu meinem Mann, dass ich auf Reisen gehe.

»Du hast einen wirren Blick.«

Ich schob meine Hand ins Revers seines Jacketts.

Nahm seine Brieftasche. Den Führerschein und den Ausweis ließ ich ihm.

»Nimmst du den Wagen?«

Ich warf den Autoschlüssel auf den Tisch.

»Ist etwas nicht in Ordnung mit dir?« Er legte mir die Hand auf die Schulter.

»Lass das.«

»Sag mir wenigstens, wohin du gehst.«

Ich ging auf eine weite Reise. Die Mörderinnen verschwinden. Durch die Zeitverschiebung kann man die Zeit zurückdrehen. Den Augenblick wiederfinden, an dem noch nichts geschehen war, in einem Land, in dem das Verbrechen nicht begangen werden wird.

»Ruf mir ein Taxi.«

Er gehorchte wie ein alter Soldat, der es müde war, über Befehle zu diskutieren.

Das Gewitter holte mich ein. Ich wartete zusammen mit meinem Mann unter seinem großen Schirm auf das Taxi.

»Ruf an, wenn du angekommen bist.«

Der Wagen kam, der Fahrer stieg aus und öffnete mir die Tür.

»Nimm den Schirm.«

»Das Gewitter kann mir nicht bis ans Ende der Welt folgen.«

Auf den Schirm gestützt wie auf einen Gehstock, sah er dem Wagen nach, der im Wolkenbruch davonfuhr.

Ich bat den Fahrer, mich nach Mailand zu bringen.

»Das kostet Sie mindestens achthundert Euro.«

»Nehmen Sie American Express?«

»Ja.«

»Dann los.«

Außerhalb der Stadt ließ ich ihn am Straßenrand anhalten. Ich ging zum Ufer und warf den Revolver und die Hülsen in den See. Ich bekreuzigte mich. Ich glaubte an Gott zwar nicht mehr als ans Lotto, trotzdem kaufte ich hin und wieder beim Zigarettenholen ein Los. In der Situation, in der ich an jenem Abend war, musste ich alles Glück auf meine Seite ziehen.

Ich stieg wieder ein. Der Fahrer sah mich im Rückspiegel an. Ich verspürte das Bedürfnis, mich zu rechtfertigen.

»Ich habe mich von einer schlechten Erinnerung getrennt.«

»Auf dem Grund des Sees?«

Ich hatte die Sachen nicht weit in den See hineingeworfen. Eher so, wie man eine Boule-Kugel wirft. Ich hing an diesem Revolver, und ich wollte mir die Möglichkeit offenhalten, ihn eines Tages zurückzuholen.

»Ich mache die Heizung an.«

Ich war durchnässt. Ich hatte Angst, mich zu erkälten und die Reise aufschieben zu müssen. Ich breitete meine Kleider auf dem Rücksitz aus. Er drehte sich um.

»Haben Sie noch nie eine Frau in Unterhose gesehen?«

Es war zu dunkel, um ihn erröten zu sehen.

Wir hatten das Gewitter hinter uns gelassen. Die Straße war trocken.

Unter dem Druck seiner Kinder und deren Mutter wird die Polizei das Verbrechen aus den Akten streichen. Die großen Familien mögen es nicht, wenn ihre Miseren in der Öffentlichkeit breitgetreten werden. Den Presseagenturen werden sie eine knappe Mitteilung zukommen lassen:

»Tod durch Herzversagen in seiner Wohnung.«

Wenn er mir diese Million doch nur verweigert hätte – ich wäre nie auf den Geschmack des Geldes gekommen. Kaum hatte ich daran geleckt, ließ er das Konto auch schon wieder sperren. Er war zu reich, um zu verstehen, dass man an einer Million hängen kann wie an einer Katze.

Er mochte Katzen nicht. Ich hatte ein Kätzchen aufgenommen, das durchs Fenster gekommen war. Eines Morgens kuschelte es sich aufs Kissen, das noch warm war von meiner Wange.

»Mistvieh!«

Er beschimpfte es und warf es raus. Ich hörte es im Bad miauen. Es hatte einen abgebrochenen Zahn. An der Wand sah ich eine Blutspur. Es kam nie wieder ins Bett. Ich musste sein Kissen und seinen Napf unter den Schrank schieben, wohin es sich geflüchtet hatte. Es hatte Angst, sogar vor mir. Es konnte sich ins Freie retten. Ein paar Tage später meinte ich, es wiederzuerkennen. Ein Fladen aus weißem Fell auf dem Parkplatz. Wahrscheinlich hat er es mit seinem Bentley überfahren.

Er tötete gern Tiere. Er gab ein Vermögen aus, um in afrikanischen Nationalparks Antilopen zu jagen, Nilpferde, Löwen, von denen ängstliche Touristen hinter den halb offenen Scheiben ihrer klimatisierten Jeeps Fotos schießen. Er nahm mich öfter mit nach Tanganjika. Wir flogen mit seinem Jet, kampierten in der Savanne. Die Guides sagten, man müsse ein waidwundes Tier abschießen. Nach der ersten Kugel meinte ich immer, es würde noch leben. Ich habe es dann totgeschossen, damit es nicht leiden musste.

Am Tag nach dem Mord wunderte sich seine Sekretärin, dass er nicht ins Büro kam. Sein Handy steckte noch in seiner Sakkotasche. Bei jeder Nachricht, die sie ihm schickte, vibrierte es in der eisigen Stille des Schlafzimmers.

Bevor ich ging, hatte ich die Heizung abgestellt. Hatte weit das Fenster aufgemacht, das auf den Garten hinter dem Haus führte. Hatte den Vorhang zugezogen, das Licht ausgeschaltet. Eine Art provisorische Krypta für denjenigen, dem ich einmal eine Million Dollar wert gewesen war.

Gegen achtzehn Uhr kam sein Sozius ins Appartement. Die Concierge schloss ihm auf. Er fand eine große Puppe in einem rosa Latexanzug auf dem Boden vor. Kein Fleck auf dem weißen Teppich. Der Latex hatte sich nach den Durchschüssen wieder geschlossen. Der Overall war aufgeschwemmt von Blut.

»Ich sah wohl, dass ein Mann darin steckte.«

Ein breitschultriger Mann von einem Meter fünfundneunzig.

»Ich konnte nicht sicher sein, dass er es war.«

Er traute sich nicht, den Reißverschluss aufzuziehen und nachzusehen. Die Concierge kam ins Zimmer.

»Schrecklich kalt hier drin.«

»Gehen Sie!«

Sie sah den Körper nicht.

»Lediglich die Nachttischlampe brannte. Ich sah nur, dass der Vorhang zerrissen war.«

Er wollte keine Fingerabdrücke hinterlassen. Wollte nicht länger atmen in diesem Raum, den man bald bis hin zu den Ausdünstungen auseinandernehmen würde. Er schlug die Zimmertür hinter sich zu. Zerrte die Frau in den Flur. Sie stieß gegen die Wand. Er zog sie am Arm zur Wohnungstür.

»Sie tun mir weh, Monsieur!«

Er schob sie vor sich her wie eine Kiste. Er hatte Angst, die Puppe würde wiederauferstehen und ihn verfolgen wie ein Golem. Er stieß gegen Möbel und Plastiken. Eine Statuette von Giacometti fiel von ihrem Sockel. Im Treppenhaus schrie die Frau, so hektisch jagte er sie vor sich her.

Sie hatte den Schlüssel in der Wohnung vergessen. Die Polizei musste den Schlüsseldienst rufen. Der Schließmechanismus war zu kompliziert, der Schlosser musste die Tür mit dem Brecheisen aufstemmen. Die Leiche wurde in die Pathologie gebracht. Der Gerichtsmediziner sagte, er habe den Overall mit einem Skalpell aufgeschnitten.

»Ich musste ihn quasi herausschälen.«

Die Maske hat verhindert, dass der Schädel geborsten ist. Der Thanatopraktiker musste lediglich das Loch in seiner Stirn schließen. So konnte man ihn aufbahren und die Grabrede vor seiner sterblichen Hülle halten. Als wären die Opfer grundsätzlich unschuldig. Als sei es gerecht, für so eine flüchtige Handlung jahrelang im Gefängnis büßen zu müssen.

Er war während der Liebe gestorben. Hätte er mir nicht vertraut, hätte er sich mir niemals blind und gefesselt ausgeliefert. Er war zu schwer, als dass ich ihn in den Arm nehmen konnte. Ansonsten hätte ich ihn, mit dem Revolver in der Hand, gewiegt. Er hätte an seinem Lauf gesaugt wie an einem Babyfläschchen. Und ich hätte ihn mit einer Kugel gefüttert.

Ich habe ihm ein Leben genommen, das so glänzend und schwarz gewesen war wie sein Katafalk. Das Leben eines Raubtiers. Sein Zynismus wurde von der Wirtschaftspresse bewundert, sie kniet immer gern vor Schurken nieder, die ihr Kapital mit Spekulationen mästen wie früher die Bauern ihr Schwein mit Abfällen. Würde man über die Opfer Gericht halten, würde man sie oft zu schwereren Strafen verurteilen als ihre Mörder. Man

16

würde für sie wieder die Todesstrafe einführen, mit der ihre Mörder sie gezüchtigt haben.

Er hätte mich heiraten müssen. An unserem Hochzeitstag hätte ich ihm die Million wiedergegeben. Sie wäre in unsere Geldkatze zurückgewandert. Ich hatte dieses Geld als Liebeshonorar verlangt. Die Überweisung der Summe war für mich so bewegend gewesen wie eine Verlobung. Wenn man zwei Milliarden Euro schwer ist, kann man seiner Geliebten ruhig einen Ring schenken.

Nach meiner Festnahme hat seine Familie erklärt, sie wolle dieses Geld nicht. Sollte es ihr aber gerichtlich zugesprochen werden, würde sie die Summe verdoppeln und sie mittellosen Kindern spenden. So großzügig war er mir gegenüber nicht. Er war geizig, gierig. Wenn ich mit ihm in seinem Jet flog, musste mein Mann sogar noch fürs Essen aufkommen. Mein Mann sorgte für meine Kleidung, meine Nahrung, und er gab mir Taschengeld. Er kaufte mir bei Avallon ein Häuschen auf dem Land, damit ich mich nach Belieben zurückziehen konnte.

Er liebt mich noch immer. Zweimal die Woche besucht er mich im Gefängnis. Er war immer bereit, sich zu opfern, damit ich meinen Launen nachkommen konnte. Einige Jahre vor dieser

Affäre hatte er mich sogar von meinen sexuellen Verpflichtungen freigestellt.

»Wenn ich mich zwinge, mit dir zu schlafen, komme ich mir vor wie eine Prostituierte.«

»Ich bezahle dich nicht.«

»Du hältst mich aus.«

»Ich werde dich nicht mehr mit ehelichen Pflichten belästigen.«

»Wir werden getrennt schlafen.«

»Ich schlafe gern mit dir in einem Bett.«

»Ich will nicht, dass du in Versuchung kommst.«

»Ich werde im Gästezimmer schlafen.«

Als Belohnung habe ich ihn auf den Hals geküsst.

»Du bist und bleibst mein bester Freund.«

Ich hatte Umgang mit reichen Männern, sie schenkten mir Sicherheit. Geld riecht gut. Diese Männer verströmen den Duft von Investmentbanken, rosa Marmor, Gemälden, Salons, so groß wie ein Kirchenschiff, Betten, die jeden Tag vom Personal frisch bezogen werden, von geheizten Swimmingpools, die in der kalten Dezemberluft hoch über der Stadt dampfen. Und den Geruch von Kerosin, dessen Dunst man kurz sieht, wenn der Jet vom Boden abhebt, von Ledersitzen in Limousinen, von Ankleideräumen, geräumig wie Boutiquen, mit Regalen voller Kaschmirpullover, Schränken voller Flanellanzüge in Schutzhüllen

und italienischer Schuhe, die auf Maßleisten hand-
genäht wurden, damit ihre Träger nicht zu ermü-
denden Anproben erscheinen müssen. Dieser Geruch ist noch unwiderstehlicher als der Duft von
Pheromonen, die völlig Fremde einander in die
Arme treiben.

Ich lernte ihn bei einem Freund kennen, einem
Antiquitätenhändler. Dieser lud ihn oft zu Diners
in sein Appartement ein, das eingerichtet war wie
ein Überseedampfer. Bei diesen Gelegenheiten be-
sorgte er auch ein paar Mädchen, die sich die
Herren nach dem Kaffee genehmigten. An jenem
Abend waren wir vier Frauen, die in der Küche vor
Amuse-Gueules und großen Gläsern mit Wodka
saßen. Die Köchin sprach nicht mit uns, sie hielt
ihre Arbeit für ehrenwerter als die unsere. Die
Männer aßen allein in dem Esszimmer aus Maha-
goni. Wir hörten, wie sie über die Ölkurse und die
Zukunft des Erdgases sprachen.
    Mit dem Antiquitätenhändler schlief ich von
Zeit zu Zeit. Oft vergaß er seine Geldspange auf
dem Nachttischchen. Aus Höflichkeit wies ich ihn
darauf hin. Seine Antwort war immer dieselbe:
    »Du kannst alles behalten. Kauf dir Kleider da-
von.«
    Dreihundert Euro, manchmal auch ein bisschen
mehr. Die Geldklammern waren aus Gold, er

kaufte sie wohl im Dutzend. Ich gab sie meinem Mann. Der tauschte sie gegen Bares ein. Er war immer ganz aufgekratzt, wenn er mich in einem neuen Kleid sah, das er nicht bezahlt hatte.

»Wie du siehst, halte ich dich nicht restlos aus.«

Er schloss daraus, dass er das Recht auf meinen Körper hätte. Am Abend klopfte er dann an meine Tür. Ich musste ihn zur Ordnung rufen, damit er zum Schlafen wieder ins Gästezimmer ging.

Ein Heilpraktiker verdient nicht viel, und die Naturheilpraxis, die mein Mann 1998 eröffnet hat, brachte nichts ein. Ich ging auch mit anderen Männern aus, die willig genug waren, sodass ich am Ende ihre Geldbörse leeren konnte. Doch dieses Geld brachte mir nichts, es verdampfte wie ein Tropfen auf einem heißen Stein, versickerte in Boutiquen wie ein Nieselregen im Sand. Ich lag meinem Mann weiter auf der Tasche und fraß langsam sein finanzielles Polster auf.

Die Million war seine Idee.

»Wenn er einwilligt, liebt er dich wirklich.«

Eine solche Summe blendet, man kann ihr nicht ins Gesicht sehen. Eine Wahnsinnssumme, die ich niemals angerührt hätte. Man greift einen Liebesbeweis nicht an.

Mein Mann hatte mich darauf hingewiesen,

dass der Wert sich nach und nach verringern würde.

»Die Inflation frisst das Geld.«

Auch in seinem geschmälerten Wert hätte es für mich immer in seiner schieren Summe existiert, mit seinen sechs leuchtenden Nullen. Ich hätte es mir jederzeit in Scheinen oder in Gold ausbezahlen lassen können. Ich hätte die Goldbarren und -münzen auf meinem Bett ausgebreitet, und sie hätten gefunkelt wie die Blitze, die ich manchmal in seinen Augen sah, wenn er mich begehrte, wenn er vor Liebe verging, wenn er mich mit seinem ganzen Hass zum Glühen brachte. Dieses Geld war ein winziger Teil von ihm. Ein Stückchen, das ich seinem Vermögen entrissen, ein Happen von seinem Fleisch, das ich ihm bei lebendigem Leib abgeschnitten hatte. Ein Schmerz, in den er eingewilligt hatte, um mir seine leidenschaftliche Liebe zu beweisen.

Doch dieses Opfer hatte er schnell bereut, diese offene Wunde hatte er nicht lange ertragen. Geld heilt Geldwunden, und sobald er wieder seine Hand darauflegen konnte, würde ihn nichts mehr an diesen Moment der Schwäche erinnern.

Der Taxifahrer fragte mich, ob ich Sport triebe.

»Ich mache ein wenig Fitnesstraining.«

Ich beantwortete seine Fragen so knapp wie

möglich. Ich sah, dass er mich immer wieder im Rückspiegel anblickte. Er fixierte mich.

»Warum sehen Sie mich an? Ich bin wieder angezogen.«

»Ich sehe auf die Straße.«

Ich drehte mich um, die Straße war dunkel. »Ich bin müde. Wecken Sie mich, wenn wir angekommen sind.«

Ich schloss die Augen, damit er glaubte, ich schliefe. Ich hörte das Gewitter heraufziehen. Ich öffnete halb die Lider. Um uns herum zuckten Blitze über den Himmel. Ich wäre gern vom Blitz getroffen worden, wäre gern im Krankenhaus gelegen, beschützt von den Krankenschwestern, die den Polizisten verboten hätten, mich zu befragen.

Ich sagte mir: Die Erinnerung ist eine Quelle des Leids. Hätte ich diese Erinnerung doch nur hinunterschlucken und diesen Mord auf natürlichem Wege wieder ausscheiden können!

Wir trauten uns nicht, die Küche zu verlassen und zu fragen, wie lange wir denn noch warten müssten, bis wir gebraucht würden. Wir waren beschwipst. Ein Mädchen war Ukrainerin. Der Antiquitätenhändler hatte mich am Abend zuvor angerufen und verlangt, dass ich sie einlud.

»Sie soll um acht Uhr da sein.«

»Ich weiß nicht, ob sie kommen will. Sie ist keine Nutte.«

»Sie ist wie du, ein Luxusmädchen.«

Ich fand das Wort elegant. Aber die Leute im Saal lachten los, als ich es vor Gericht benutzte, um den Nebenklägern entgegenzutreten, die mich ein Callgirl nannten.

Gegen Mitternacht holten sie uns. Der Antiquitätenhändler nahm die Ukrainerin und eine Dunkelhaarige, die ich zum ersten Mal sah. Die Vierte war eine junge Frau, an die man sich ganz einfach nicht erinnert, denn sie war weder besonders hübsch noch besonders hässlich. Sie blieb in der Küche und trank weiter. Als Reserve. Wie ein Stück altes Brot, das man nicht wegwerfen will, für den Fall, dass man es doch noch brauchen könnte.

Er deutete mit dem Finger auf mich. Wie eine Wärterin, die beim Umschluss eine Inhaftierte zurechtweist. Ich folgte ihm in den Flur. Mit seiner tiefen Stimme flüsterte er mir ins Ohr. Ich ließ mich verführen. Wir landeten in einem Zimmer, in dem das Bett von vier Strahlern beleuchtet wurde. Wie ein Boxring.

Er zog sich beim Eintreten aus. Mit einem Pflegetuch schminkte ich mich ab. Ich mag es nicht, wenn ich mich mit von Wimperntusche verklebten Augen aus den Armen eines Mannes lösen muss. Er wartete ruhig auf der Bettkante auf mich.

Ich ging nackt zu ihm, mit kleinen mechanischen Schritten. Er beschrieb mit den Fingern einen Kreis, ein Zeichen, dass ich mich umdrehen solle. Ich hörte, wie das Zellophan eines Präservativpäckchens riss. Hörte, wie er aufstand. Er legte die Finger auf meine Brüste und kratzte. Ich spürte seinen harten Penis an meinem Rücken. Eine Penetration, schmerzhaft wie ein heftiger Fußtritt. Ich fand es unhöflich von ihm, dass er mich nicht zuerst gefragt hatte, ob er dort eindringen durfte. Ich riss mich los.

Auf Zehenspitzen stellte ich mich ihm von Angesicht zu Angesicht gegenüber und schlug ihm mit voller Wucht ins Gesicht. Ich sah, wie sich der rote Abdruck meiner Hand auf seinen vom Bartwuchs blau umschatteten Wangen verdoppelte, verdreifachte, multiplizierte. Er mochte es, er hielt mir seinen Kopf hin wie ein Affenweibchen sein Hinterteil. Bebend im Orgasmus, wich er zurück. Ließ sich rücklings aufs Bett fallen.

Wir gingen zum Schlafen zu ihm. Ich wachte, ans Bett gefesselt, auf. Das Zimmer war weiß. Die Sonne drang durch die Ritzen im Rollladen. Auf einem Stuhl war mein schwarzes Kleid mit dem Büstenhalter angebunden, darauf standen meine Pumps wie zwei große Insekten.

Ich wagte es nicht, mich zu rühren. Leise rief ich

nach ihm. Ich glaubte, er würde mich durch den Türspalt beobachten. Als ich schrie, hatte ich das Gefühl, meine Stimme würde vom Teppich verschluckt werden. Man hörte mich nicht, ich hörte nichts. Reglos wartete ich. Panik überkam mich, ich hatte Angst, einen Herzstillstand zu bekommen und zu sterben. Schritte im Flur, das Geräusch scheppernden Porzellans.

»Es ist zehn Uhr, Madame.«

Ein Hausmädchen stellte ein Frühstückstablett auf den Tisch.

»Worauf warten Sie? Machen Sie mich los!«

Sie sah mich erstaunt an.

»Monsieur hat mich gebeten, Sie zu wecken. Er hat nicht gesagt, dass Sie gefesselt sind.«

Sie zögerte, etwas zu tun, was er ihr nicht befohlen hatte.

»Na gut, ich hole ein Messer aus der Küche.«

Der Antiquitätenhändler hatte ihm wohl meine Handynummer gegeben. Drei Tage später rief er an.

»Ich habe Sie gefesselt, um Ihnen eine Überraschung zu bereiten.«

»Ficken Sie sich!«

»Warum nicht?«

Ich legte auf. Eine ganze Woche lang belästigte er mich. Damit endlich Schluss wäre, bat ich eines

Abends meinen Mann, an meiner Stelle zu antworten.

»Wenn Sie nicht aufhören, zeigen wir Sie an.«

»Wissen Sie, wer ich bin?«

Er sagte seinen Namen. Mein Mann entschuldigte sich.

»Sie wird Sie ganz sicher zurückrufen.«

»Geben Sie sie mir.«

Mein Mann verfolgte mich ins Wohnzimmer und hielt mir den Apparat hin wie einen Kerzenleuchter.

Wir kamen in Mailand an. In den Straßen waren noch Grüppchen Betrunkener unterwegs. Die Schaufenster der Läden beschienen die Gehwege wie Leuchtkästen. Die Pforten des Bahnhofs waren geschlossen. Hinter der Glasfront lag der Wartesaal im Halbdunkel, es sah aus wie eine Totenkapelle. Ich habe nie herausgefunden, ob die Eisenbahner streikten oder ob man in Norditalien bei Einbruch der Nacht die Bahnhöfe schließt wie Kirchen. Ich stieg wieder ins Taxi.

»Sie sollten in einem Hotel übernachten.«

»Mit Ihnen?«

»Ich habe Viagra im Handschuhfach.«

»Zum Flughafen.«

Er lachte leise über seine Unverschämtheit.

Ich fragte mich, wieso ich eigentlich den Zug nehmen wollte. Selbst die TGV sind zu langsam, um die Zeit zurückzudrehen. Ich fühlte mich nicht mehr schuldig. Liebesgeschichten enden irgendwann in einem Schlammloch. Zerbersten an einer

Wand, die sie selbst Stein auf Stein aufgebaut haben. Fallen vom Himmel wie ein Hubschrauber, der sein Rotorblatt verloren hat. Ich bin aus der Sache herausgekommen, er ist tot.

Ich hatte das Recht, diese Schüsse zu vergessen. Er kannte das Klicken eines Revolvers, den man entsichert. Seine Hände waren nicht gefesselt, er hätte mich mit einem Schlag entwaffnen können. Er hatte sich aus Trägheit töten lassen. Er wusste, dass ich eines Tages die Fotos veröffentlichen würde, die ich in entwürdigenden Situationen von ihm gemacht hatte. Er hatte Angst, seinen gedemütigten Kindern daraufhin nicht mehr in die Augen blicken zu können.

Ich musste mir selbst nicht glauben. Vielleicht würde die Polizei herausfinden, dass ich diese Geschichte einfach nur erfunden hatte. Sie würde beweisen, dass im Moment des Mordes im Schlafzimmer bewaffnete Männer gewesen waren, die ihn mit einer automatischen Waffe hingerichtet haben. Man wird den Revolver im See finden. Das ballistische Gutachten wird mich entlasten. Ich saß verunsichert auf der Terrasse. Nachdem ich die Schüsse gehört hatte, ergriff ich die Flucht. Rannte die Treppe hinunter, floh aus Angst, sie könnten beschließen, eine lästige Zeugin zu beseitigen. Man würde mich am Ende in eine Klinik einweisen, und ein Therapeut würde meinem durcheinandergeratenen Gedächtnis wieder auf die Sprünge helfen.

Wir kamen zum Flughafen.

»Neunhundert Euro.«

Ich gab ihm die American-Express-Karte. Unterschrieb die Quittung.

»Sie sehen ziemlich fertig aus.«

»Ich muss mich schminken.«

»Viel Glück.«

Das Licht in der Halle war grell. Es schien in die Gesichter, als wollte es Augen, Mund, Fältchen bis auf den Grund ausleuchten. Es war drei Uhr nachts. Das erste Flugzeug nach Sydney ging um fünf. Am Schalter der British Airways kaufte ich ein Ticket.

»Fenster oder Gang?«

»Ist mir egal.«

»Gate D einundzwanzig. Guten Flug.«

Ich legte meine Tasche auf das Band der Sicherheitskontrolle. Es piepste am Durchgang. Ich zog meine Armbanduhr aus.

Die Passagiere dösten in der Wartehalle. Zwei junge Leute schliefen ausgestreckt auf den Sitzen.

An jenem Julimorgen, als ich nach Frankreich fliegen wollte und er mich aus der Wartehalle holte, hat er mich glücklich gemacht. Sein grauer Alpaka-Anzug ließ den Blick aus seinen blauen Augen noch blauer strahlen. Unter seiner Achsel vermutete ich seine Smith & Wesson in dem Holster aus schwarzem Eidechsenleder, das ich ihm zum Valentinstag geschenkt hatte.

Vom Geld meines Mannes überhäufte ich ihn mit Geschenken. Er hat mir in seinem ganzen Leben nur den Revolver geschenkt und einen Pulli aus Schantungseide mit zu kurzen Ärmeln; ich trug ihn trotzdem einen ganzen Winter lang im Bett, um mich eingehüllt zu fühlen in diese zweite Haut, die er aus eigener Tasche bezahlt hatte. Später sagte er mir, er habe ihn von einem Stapel Kleider genommen, die als Weihnachtsgeschenke für die Mitarbeiter seiner niederländischen Filiale bestimmt waren.

Der Minister hatte ihm die Erlaubnis erteilt, eine Waffe zu tragen; damit kam er auch durch die Kontrollen an den Flughäfen. Als ich ihn auf mich zukommen sah, fühlte ich mich geliebt. Er hätte nie seine Waffe gezogen; ohne meine Einwilligung hat er mich nie geschlagen oder bedroht. Ich hatte totales Vertrauen, wenn ich mich von ihm fesseln ließ. Wenn er die Fesseln mit seinem Jagdmesser durchschnitt, legte er die Hand auf meine Haut, damit er sie auch ganz sicher nicht aus Versehen aufschürfte. Er leckte sein Sperma auf, das mir über die Brüste, den Hals, über mein Lächeln gelaufen war. Zärtlich massierte er die Stellen, wo sich das Seil eingedrückt hatte, küsste die Striemen der Peitschenhiebe.

Hätte er gewollt – ich wäre völlig devot gewesen. Es machte mir keinen Spaß, die Domina zu spielen. Aber die Männer lassen sich eben gern von Rabenmüttern aus dem Märchen windeln und schlagen.

Als ich ihm diesen Overall schenkte, wusste ich, dass er dieses weiche Gefängnis mögen würde, in dem das Opfer noch enger eingesperrt ist als ein Fötus in der Gebärmutter. Diese neue Praktik würde ihn stärker an mich binden als Hanfseile, Stahlhandschellen, stärker als alle Kerkerketten. Irgendwann wird er mich einfach heiraten müssen, wird sich der Frau ergeben müssen, die ihn schon so lange an den Eiern hat. Wie die Männer sagen.

Er kam geradewegs auf mich zu, schob die Leute weg, die mit ihrem vielen Gepäck herumstanden wie Unkraut. Sein Lächeln war weiß, er bleckte die Zähne. Er riss mich vom Boden. Trug mich auf seinen Armen wie ein Beutemädchen, das der Sieger im Krieg vom Verlierer bekommt. In diesem Augenblick war ich mehr wert als das Meer aus Geld, in dem er seit seiner Geburt schwamm. Er warf mich in seinen Jet.

Wir landeten in New York. Sein Penthouse ganz

oben auf dem Jefferson Tower überragte den Central Park. Das einzige Mal in unserer Geschichte, dass wir zwei Wochen zusammen verbrachten. Er nahm nur ganz wenige Anrufe entgegen. Einen Termin nach dem anderen sagte er ab. Der Overall war nicht im Gepäck. Wir schliefen miteinander.

Seinen französischen Koch hatte er in den Urlaub geschickt. Er briet mir Eier, aus denen das Eigelb herauslief. Er servierte mir lauwarme Hummersuppe aus der Mikrowelle. Er wagte sich sogar an Pfannkuchen, die er in der Pfanne anbrennen ließ. Wir tunkten sie in Honig, um den bitteren Geschmack zu überdecken.

Das Glück, sich von seinem Mann bekochen zu lassen. Zwei Wochen, in denen wir aus der klimatisierten Wohnung auf die sonnengleißende Stadt blickten. Zwei Wochen, in denen wir den süßen Geschmack der Routine eines Geborgenheit schenkenden Lebens als Paar kennenlernten, eines Lebens, von dem Menschen träumen, die flüchtiger Bekanntschaften und kurzer Nächte überdrüssig sind. Zwei Wochen, in denen er das Glück für uns erfunden hat.

Heute Abend in meiner Zelle denke ich an New York, als wäre es eine Line Kokain.

Das Flugzeug war fast leer. Start in blauer Nacht, die dem Morgengrauen vorausgeht.

Wolkenlos.

Den Gurt legte ich nicht an. Ich hoffte auf eine Turbulenz, die mich an die Kabinendecke schleudern würde. Schädelbruch aus Unachtsamkeit. Ein Tod, der allen nützen würde. Ich hätte ihn nur um wenige Stunden überlebt. Vielleicht wäre seine Familie einverstanden gewesen, dass unsere Särge in der Leichenhalle nebeneinanderstanden. Ein letztes lächerliches Zusammentreffen, das die Familie uns gestattete, bevor sie ihn mit allem Pomp bestattete. Es sei denn, unsere Leichenzüge hätten sich zufällig kurz an einer Kreuzung getroffen und an derselben roten Ampel gehalten, bevor sie sich auf ihren weiteren Weg machten.

Mein Mann hätte mich im Beisein meiner Schwester als einziger Vertreterin der Trauergemeinde einäschern lassen. Er würde nie an die Million kommen, aber wenn ich nicht mehr da wäre, würde sich seine finanzielle Situation langsam verbessern. Jeder Schlag meines Herzens kostete ihn Geld. Ich war ein Luxus, der seine Mittel überstieg, eine Stute, der er den Hafer und das Zaumzeug bezahlte, damit ein anderer sie an seiner Stelle ritt.

»Ich bin dein lebendes Scheckheft.«

»Soll ich dich verlassen?«

»War nur ein Scherz.«

Als Entschuldigung versuchte er zu lachen. Ein falsches Lachen, bei dem er husten musste. Ich schlug ihm auf den Rücken. Er muss gespürt haben, dass ich Mitleid mit ihm hatte. Ein Gefühl, das von Liebe weit entfernt war und mit dem er sich zufriedengab.

Ein unverhoffter, prächtiger Tod, der mir die Unannehmlichkeit ersparen würde, mich umzubringen, um zu zeigen, dass ich ihn aus der puren Freude heraus, wieder bei ihm sein zu können, getötet hatte. Ich habe schon von solchen romantischen Hochzeiten gehört, bei denen die Verlobten nebeneinander im Bett liegen und sich gegenseitig erschießen. Ein Hochzeitskleid wäre mir lieber gewesen. Doch das hätte dann ja geheißen, dass in den Märchen von heute die Wirtschaftsprinzen ihre Huren heiraten. Er hätte es nicht ertragen, dass ein anderer als er mich beschimpft.

Ich hatte ihn nicht getötet. Ich hatte diese Erinnerung erfunden, um mir selbst Angst zu machen.

Ich musste mich weigern, an die Wirklichkeit zu glauben. Die Wirklichkeit ist vielfältig wie ein Wurf junger Hunde. Man muss sich seinen Welpen aussuchen und es vermeiden, sich vom falschen Schein der Wirklichkeit irreführen zu lassen. Es wurde nie bewiesen, dass auch die Realität nicht nur eine weitere Lüge ist.

Die Sonne ging auf, als die Stewardess mit dem Wagen vorbeikam.

»Tee oder Kaffee?«

»Champagner.«

»Wir servieren das Frühstück.«

»Ich habe keinen Hunger.«

Sie lächelte. Trotzdem stellte sie das Tablett auf mein Tischchen. »Alkoholische Getränke kosten bei diesem Flug extra.«

Ich zog die Kreditkarte aus meiner Tasche. Hielt sie hoch wie ein Fußballschiedsrichter die Gelbe Karte. Mit einer kleinen Flasche Moët & Chandon kam sie aus dem hinteren Teil der Kabine zurück.

An jenem Morgen kam ihn sogar meine Angst teuer zu stehen. Sie machte mir Durst auf Champagner und Hunger auf Lexomil. Er hatte die Tabletten bezahlt, er würde auch die Flaschen bezahlen.

Ich fühlte mich besser. Ich wechselte den Platz,

damit ich aus dem Fenster in den Himmel sehen konnte. Wenn wir auf Reisen waren, übernahm er auf Reiseflughöhe gelegentlich das Kommando. Starten und landen konnte er nicht. Er hatte an einem Flugsimulator einen Kurs gemacht. Er sagte, er wisse über das Fliegen so viel wie die Terroristen, die mit den Maschinen ins World Trade Center gekracht sind. Der Pilot war immer sichtlich erleichtert, wenn er ihn wieder ans Steuer ließ.

Im hinteren Teil der Kabine gab es eine Schlafkabine. Ein großes Bett, in dem wir uns bei Überseeflügen lange tummelten. Der Lärm der Triebwerke übertönte den Lärm der Schläge, die ich ihm mit dem Gürtel gab, um ihm Lust zu machen. Am nächsten Morgen leitete er dann mit gestreiftem Rücken eine Verwaltungsratssitzung.

In seinen Phantasien wechselte er oft das Geschlecht. Unter Peitschenhieben flüsterte er, er sei meine kleine Frau, meine kleine Schlampe. Er wollte, dass ich ihn wild und grob penetrierte. Mit der Brutalität von Vergewaltigern, die er sich in seinen Träumen ausmalte. Er mochte Gegenstände, die verletzten und blutige Laken zurückließen. Das Personal im Hilton Palace in Neu-Delhi dürfte sich daran erinnern. Diese Gegenstände waren nur eine Notlösung und reichten ihm nicht aus.

Meine Kindheit wünsche ich niemandem. Nicht mal einer Mörderin. Den Penis meines Vaters sah ich oft. Er hatte die Vorhänge an der Glastür seines Zimmers abgehängt. Doch zur Sicherheit ließ er auch noch beide Türflügel offen stehen.

Meine Mutter war selten bei ihm im Bett, er schlief lieber mit anderen Weibern. Ich flüchtete in eine dunkle Ecke, wo ich mir die Augen nicht zuhalten musste. Um nichts zu hören, steckte ich mir die Finger in die Ohren. Ich sang vor mich hin, um seine lauten Schreie zu übertönen. Zwischen zwei Runden durchsuchte er nackt das Haus. Er fand mich hinten in einem Schrank, auf dem Küchenbalkon oder in dem alten Kühlschrank, der im Garten stand.

»Komm schon, du blöde Gans. Wenn mich die Nachbarin splitternackt sieht, macht sie Theater!«

Er gab mir eine Ohrfeige und einen Tritt, damit ich schneller lief. Er zog mich ins Schlafzimmer wie eine Kamera, die die Episode speichert, bis sie wieder abgerufen wird. Er stellte mich wenige Schritte vom Bett entfernt hin. Wenn er eine Nahaufnahme brauchte, verlangte er von mir, näher zu kommen. Die Frauen bedeckten sich nur selten. Die Prüden taten so, als sähen sie mich nicht. Sie schenkten mir so wenig Beachtung wie einem kaputten Automaten. Die anderen erregte es. Ich sah, wie ihre Brustwarzen hart wurden, wenn ich mich näherte. Ich erinnere mich an ein sehr hellhäutiges, schwarzhaariges Mädchen, das von mir verlangte, den Penis meines Vaters wieder steif zu machen.

»Willst du, dass ich Scherereien mit den Bullen kriege?«

»Sie wird nichts sagen.«

»Du bringst sie zum Weinen.«

Ich rannte bis zur Grünanlage und steckte den Kopf in den Sandkasten – in der Schule hatte man uns erzählt, dass die Strauße das tun.

Meine Schwester ist ein Jahr älter als ich. Sie interessierte ihn nicht. Ich beneidete sie um ihre Hässlichkeit.

Wenn meine Mutter von der Arbeit kam, machte sie schweigend das Bett. Trotzdem ist mein Vater gegangen. Ich habe ihn nie wiedergesehen. Am Tag nach meiner Verhaftung verkaufte er einem englischen Boulevardblatt für fünfhundert Euro ein

Interview. Er hat nichts erzählt, was eine Schlagzeile auf der Titelseite wert gewesen wäre, also wurde das Interview auf Seite sieben zwischen einem Artikel über Tourismus in Irland und einer Anzeige für eine Anti-Aging-Creme abgedruckt.

Meine Mutter fand das Leben nie schön. Nachdem mein Vater weg war, schimpfte sie ständig aufs Leben. Sie warf uns vor, geboren zu sein. Wir waren eine schlechte Idee von Papa.

»Ihr habt mir bei der Geburt wehgetan. Und jetzt seid ihr zu allem Überfluss auch noch da!«

Die Textilfabrik, in der sie Buchhalterin war, machte dicht. Sie suchte keine neue Arbeit. Sie verschanzte sich im Haus, als wären wir im Krieg. Die Fensterläden blieben Tag und Nacht geschlossen. Sie verbot uns, aus dem Haus zu gehen. Nahm uns aus der Schule. Sagte, wir hätten es nicht verdient, zur Schule zu gehen.

Ich erinnere mich an düstere Monate. In unserer Region regnete es viel, und an den seltenen schönen Tagen sperrte sie uns in unser Zimmer. Sie hatte schwarzes Papier an die Fenster geklebt, damit die Sonne nicht hereinschien.

Geld hatten wir nicht. Sie kaufte im Supermarkt immer nur Sonderangebote und füllte damit den Kühlschrank. Wochenlang stopfte sie uns mit Schoko-Eclairs voll. Uns war übel davon, wir aßen gar nichts mehr. Irgendwann kam sie dann mit einer Ladung Mokka-Eclairs an. Eines Morgens drehte sie alle Gashähne am Herd auf und stellte sich mit ausgebreiteten Armen vor die Tür.

»Wir werden alle drei sterben.«

Wir rangen mit ihr. Meine Schwester konnte entwischen. Sie alarmierte das ganze Viertel. Leute kamen herbeigelaufen. Sie stellten das Gas ab und rissen die Fenster auf. Meine Mutter hatte sich wieder beruhigt, sie bedankte sich bei ihnen. Man steckte uns in eine Pflegefamilie. Ein Onkel und eine Tante, die wir noch nie gesehen hatten, nahmen uns bei sich auf. Als meine Mutter aus der Psychiatrie entlassen wurde, holte sie uns wieder zurück. Fünf Jahre später ließ sie mich in diese Klinik einweisen, zur Strafe dafür, dass ich mit einem verheirateten Mann durchgebrannt war.

»Sie tickt nicht richtig, Doktor.«

Der Onkel und die Tante schalteten ihren Hausarzt ein, um mich dort herauszuholen. Sie beschützten mich. Mit achtzehn Jahren zog ich von ihnen weg, um mit einem Ehepaar zusammenzuleben.

Die Frau hatte mich vor der Schule angesprochen. Sie wollte mir eine Rolle in einem Kurzfilm geben. Ich lebte bei den beiden in Lyon. Sie schlief mit mir. Währenddessen schaute uns der Mann vor dem Spiegel zu, der ihm als Bildschirm für seine Phantasien diente. Von Zeit zu Zeit drehte er sich zu uns um, um zu prüfen, ob der Spiegel auch die Wirklichkeit wiedergab. Kurz bevor er ejakulierte, rief er mich zu Hilfe.

Sie gingen mit mir in Restaurants. In einem Nachtklub im Croix-Paquet-Viertel füllten sie mich mit Champagner ab. Sie boten mich Männern an.

Ich gefiel einem Architekten, der mich in seinem Pariser Loft wohnen ließ. Ich verließ ihn wegen einer Freundin. Sie hatte Beziehungen. Wir gingen mit Männern aus. Sie schenkte mir Wäsche und Kleider, damit ich den Männern gefiel.

»Du musst deinen Job als Frau lernen.«

Die Partys und das Geld, das vom Himmel fiel, fand ich gut. Gegen acht Uhr morgens gingen wir nach Hause. Ich schlief in ihren Armen. Nachmittags wachte ich auf. Sie presste mir Grapefruits aus. Bestrich Brotschnitten mit Butter, tunkte sie in Ei, das sie frisch aus dem Topf genommen und sich dabei die Finger verbrannt hatte. Sie schob sie mir in den Mund, ich musste nur zubeißen.

Wir waren glücklich, denke ich.

Zwischenlandung in München. Eine jener Landungen, bei denen das Flugzeug ins Schlingern gerät. Es will nur noch von der Landebahn abkommen und seine Passagiere im Feuer verzehren. In aller Ruhe kam es am Ende der Piste zum Stehen. In der Luft hatte die Stewardess einen Aufenthalt von einer Stunde und fünfundvierzig Minuten angekündigt. Bevor die Tür aufging, entschuldigte sie sich im Namen der Fluggesellschaft, weil der Weiterflug nach Sydney nun definitiv erst zweieinhalb Stunden später möglich wäre.

Beim Aussteigen klammerte ich mich an den Handlauf der Gangway. Ich wankte über den Asphalt zum Bus. Ich war betrunken, mir war flau. Außen war alles konturlos, innerlich brach ich zusammen.

In der Flughafenhalle sah ich die weißen Linien auf den Bodenfliesen. Ich balancierte darauf wie eine Seiltänzerin, die Handtasche fest unterm Arm. Leute kamen und gingen kreuz und quer, als wollten sie mit den Füßen den Boden besudeln.

Die Million lächelte mich an, sie hatte Pausbäckchen und den strahlenden Blick eines Kindes, das sich freut, auf der Welt zu sein. Ich liebte sie als das einzige Baby, das wir haben konnten. Ein Baby, das er mir mit Beharrlichkeit, mit Zärtlichkeit, mit Versprechen von ewiger Liebe gemacht hatte. Ein Baby, für das er mir das Sorgerecht entzogen hatte.

Ich setzte mich auf einen Caddy. Ich mochte diese Touristen in Shorts nicht, die in den Urlaub flogen. Ein Angestellter bedeutete mir, aufzustehen. Er versuchte, mir auf Deutsch zu erklären, dass es gefährlich sei, sich auf einen Caddy zu setzen.

Ich ging in einen Kiosk. Keine Zeitung meldete, dass man einen leblosen Mann im Latexanzug aufgefunden hatte. Solange er nicht gefunden wurde, blieb sein Tod eine Hypothese. Ich hätte das Wasserbecken auf seiner Terrasse leeren sollen. Ihn auf einem Scheiterhaufen aus Möbeln und Fragonard verbrennen sollen. Dann hätte ich zugesehen, wie sich der Mord am Himmel in Rauch auflöste.

Ich setzte mich in eine Gaststätte. Trank ein paar Tassen Kaffee. Die Wirkung des Champagners und der Tabletten ließ langsam nach. Es war halb zehn. Ich rief den Bankdirektor an. Seine Sekretärin sagte, er sei in einer Sitzung.

»Rufen Sie am Nachmittag noch mal an.«

»Ich muss mit ihm sprechen. Mein Anwalt wird einen Prozess gegen Sie anstrengen.«

»Ich sehe nach, ob ich ihn kurz stören kann.«

Nach fünf Minuten in der Warteschleife mit Musik, die immer wieder stoppte und von Neuem ertönte, nahm er ab.

»Ich höre.«

»Die Sperrung des Kontos ist rechtswidrig. Mein Anwalt wird dagegen klagen.«

»Er soll mich anrufen.«

»Ich möchte Sie darauf aufmerksam machen, welche Konsequenzen das für Sie haben kann.«

»Schicken Sie mir ein Fax.«

»Ich bin unterwegs.«

Er legte auf. Ich rief wieder an. Die Sekretärin gab mir die Faxnummer.

»Wir brauchen schriftliche Unterlagen.«

Ich ging zum Kiosk. Kaufte einen Schreibblock. Ich weiß nicht mehr, was ich geschrieben habe. Der Untersuchungsrichter verlangte später eine Kopie des Schriftstücks. Der Staatsanwalt reichte das Papier an die Geschworenen weiter.

»Wie Sie sehen, ist dieses Dokument unleserlich. Man kann lediglich erkennen, dass es in Wut verfasst wurde.«

Der Anwalt der Nebenkläger hat sich auf dieses Schreiben an die Bank berufen, um mir kalte Berechnung und fehlende Reue zu unterstellen. Liebesgeschichten sind private Planeten. Sie verflüchtigen sich, sobald ihre Bewohner sie verlassen. Sie gehorchen Gesetzen, die für den Rest des Universums nicht gelten und selbst denen unbekannt sind, die sie bewohnen. Ich bin die Überlebende dieses Planeten, der mit einem Schuss aus der Galaxie katapultiert wurde. Man verurteilte mich im Namen von Gesetzen, die im Moment des Verbrechens für uns nicht galten.

Er wusste, dass ich dieses Mal abdrücken würde. Er schrie nicht einmal auf hinter der Maske. Er wollte, dass ich ihn von einer Existenz erlöse, derer er sich schämte. Einen Monat zuvor hatte er mir eine merkwürdige Mail geschickt:

»Ich bin verdorben.«

Trotz seines Alters ist er im Grunde immer ein streng erzogener Puritaner geblieben. Er suchte die endgültige, läuternde Bestrafung, die ihm nur ein gewaltsamer Tod bringen konnte. Außerdem fürchtete er die Brutalität seiner Verfolger, und er hatte mich für sein Ende ausgewählt. Er wartete auf die Kugel, er wollte sie. Er nahm mir dieses Geld wieder weg, um mich zu zwingen, ihn zu töten. Ich gehorchte. Die Million war das Ehrengold, das der kranke Tenno dem Samurai schenkte, der bereit war, ihn mit einem Schwerthieb von seinem Todeskampf zu erlösen.

Gearbeitet habe ich nur ein Mal, aber Hausfrauen haben ja auch keinen Beruf. Wenn sie jung sind, werden sie von ihren Eltern unterhalten. Meine Eltern waren arm, die Männer haben ihre Rolle gespielt. Sie wären auch dann großzügig gewesen, wenn ich keine sexuellen Beziehungen zu ihnen gehabt hätte. Mein Mann ist mit der Abstinenz nicht knauserig geworden. Ich war ein zerbrechliches Mädchen, die Männer beschützten mich wie eine Glasfigur. Ihre Geldscheine waren wie Stroh, mit dem man eine Transportkiste für ein wertvolles Objekt ausstopft.

An meinem vierundzwanzigsten Geburtstag starb die Frau, die mir zum Frühstück Grapefruitsaft presste, an den Folgen einer seltenen Krankheit. Während mehrerer Monate riss ich mich nachts von den Männern los und pflegte meine Freundin.

Es blieb mir nichts anderes übrig, als mich für eine Arbeitsstelle zu bewerben. Ich war ein paar Wochen lang Verkäuferin in einem Duty-free-Shop am Flughafen Roissy. Ich ging noch vor Morgengrauen aus dem Haus. Nachts verließ ich den Laden. Ich lebte im Licht der Werbespots. Atmete die Luft der Klimaanlage. Eine halbe Stunde hatten wir Mittagspause. Die Filialleiterin duldete keine Verspätungen. Bei Auseinandersetzungen ergriff sie grundsätzlich die Partei des Kunden. Schnell begriff ich, dass ich mich in der Arbeitswelt nie wohlfühlen würde.

Der Antiquitätenhändler kaufte dort Zigarettenstangen. Er holte mich aus diesem Lebensabschnitt heraus, den ich über mich hatte ergehen lassen wie eine Strafe. Wenn ich aus der Haft entlassen werde, werde ich sicherlich dieselbe Erleichterung verspüren wie damals. Werde wie ein Tier sein, das man nach einer langen Reise wieder auswildert.

Bevor das Gate geschlossen wurde, rief ich meinen Mann an. Er war erstaunt, dass ich nach Sydney flog.

»Du kennst doch niemanden in Sydney.«

Er beschwerte sich über die Taxikosten. Ich versprach ihm, mein Geld zurückzuholen. Er wollte ihn in seinem Büro überfallen.

»Ich werde ihn zusammenschlagen.«

»Das ist doch lächerlich. Außerdem ist er bewaffnet.«

»Er schuldet uns beiden diese Entschädigung.«

»Das Geld hat für mich einen sentimentalen Wert.«

»Für mich ist es eine Frage der Ehre.«

»Ich ruf dich wieder an.«

Nun war das Flugzeug voll. Ich saß neben einem Dicken. Er schwitzte so sehr, dass ihm große Schweißtropfen am Hals hinunterliefen. Noch vor dem Start war sein Hemdkragen durchnässt. Der Pilot sagte durch, dass wir nach einem zweistündigen Aufenthalt in Hongkong am nächsten Tag um 17 Uhr 30 Ortszeit in Sydney landen würden. Ich kaufte eine Magnum Champagner. Lexomil hatte ich noch ausreichend.

»Ich bin Lionel. Machen Sie Urlaub?«

Er wischte den perlenden Schweiß mit dem Handrücken von seiner Oberlippe, als wollte er mich gleich aus der Flasche trinken.

»Wollen Sie mir Ihren Vornamen nicht verraten?«

»Betty.«

»Sie heißen nicht Betty, das sehe ich doch.«

Ich konnte noch nie lügen. Selbst vor Gericht, wenn ich mich unter Tränen erhob, um die Wahrheit zu sagen, sah ich, dass die Geschworenen mir nicht glaubten. Der Blick der Richterin wurde hart, sie hielt mich für eine erbärmliche Schauspielerin. Ich konnte noch nie spielen, nicht mal meine eigene Rolle. Bei mir sieht es immer falsch aus, dennoch bin auch ich mitunter aufrichtig. Nur Tiere sind authentisch. Menschen wissen nie genau, was sie empfinden. Aus Stolz glauben sie, jemand zu sein, der ihnen gefällt. Doch demjenigen können sie nie das Wasser reichen.

Am vierten Prozesstag war meine Anhörung. Im Gefängnis hatte ich gehungert, ich wog fünfunddreißig Kilo. Ich war schwach, manchmal wurde mir schwindlig. Ich sah mich selbstvergessen mitten zwischen die Geschworenen fallen wie in den Pool dieses Hotels an der Grenze zur namibischen Wüste, wo es vor Schlangen nur so wimmelte.

Er hatte mich auf Oryx- und Hyänenjagd mitgenommen. Der Guide musste mir ein Gewehr geben. Ich schoss Patronen ab, die sich in die Dünen verirrten. Wenn ich das Gewehr anlegte, stellte er sich hinter mich und drückte mich. Ich spürte, wie sein Penis steif wurde, wenn ich vom Rückschlag zurückgestoßen wurde.

Wir schliefen in einem Zelt, so groß wie eine Hotelsuite. Die Häute der Beutetiere trockneten in der Dämmerung. Über dem Lagerfeuer brutzelten Oryxviertel. Ich mochte die Stille der Wüste.

Manchmal weckte er mich nachts, in der Hand sein Jagdmesser. Damit musste ich mich auf ihn setzen. Ihm die Klinge an den Hals halten.

»Sag, dass du mich tötest.«

»Ich töte dich.«

»Sag, dass du mir den Kopf abschneiden und ihn im Sand vergraben wirst.«

»Ich werde dir den Kopf abschneiden und ihn im Sand vergraben.«

»Machst du das?«

»Ich schwöre es.«

»Schneid mir die Kehle durch.«

Ich bewegte das Messer vor und zurück. Er

wollte spüren, wie seine Haut riss. Ich tauchte den Finger in das hervorquellende Blut. Schob ihn ihm in den Mund. Ein Schauder des Grauens durchlief ihn, wenn er das Blut auf der Zunge schmeckte. Und dann kam er in langen Stößen.

Meine Anhörung fand am Nachmittag eines glutheißen Tages statt, in einem Ort, der von zwei Seiten von Bergen umschlossen ist. Die Fenster waren offen. Ich hatte zu Mittag nur einen Apfel gegessen. Der Anwalt der Nebenkläger befragte mich zu meinem Leben. Der Staatsanwalt setzte mir mit Zeugenaussagen zu, die für unsere Beziehung unvorteilhaft waren.

»Sie haben ihn oft betrogen.«

»Nein. Nicht mal mit meinem Mann.«

Er verlas die Aussage eines französischen Schriftstellers, der angab, mit mir geschlafen zu haben.

»Das stimmt nicht.«

»Er spricht von Neunundsechzig.«

»Es war eine Fellatio.«

Gelächter im Saal. Das Bild des gehörnten Mannes, das sie konstruieren wollten, hielt ich nicht aus. Es war nur mein Körper. Ein Körper kann mit allen möglichen Leuten schlafen. Eine Vagina hat keine Gefühle. Ein Penis ist nicht liebevoll. Ein Körper hat noch nie jemanden betrogen. Seit unserem Zusammentreffen hatte ich nur mit ihm geschlafen. Ich werde nie wieder mit jemandem schlafen. Ich werde durch ihre Betten wandern, sie dürfen sich meiner bedienen. Ich werde ihnen meine Haut geben. Werde ihr Objekt sein. Werde mich hergeben. Aber ich werde immer nur ihm gehören.

»Ich bin seine Frau.«

»Er ist tot, und Sie waren nicht seine Frau.«

»Für mich ist er immer noch hier.«

»Seine Kinder sind da anderer Meinung.«

Ich wurde ohnmächtig. Man unterbrach die Sitzung. Als die Anhörung wiederaufgenommen wurde, durfte ich sitzen bleiben.

»Aus Achtung vor ihm werde ich stehen.«

Alle prusteten vor Lachen.

Abends in meiner Zelle spreche ich mit ihm. Ich glaube nicht an Geister. Als ich ihn umbrachte, habe ich ihm nicht das ewige Leben geschenkt. Aber ich bin die Gruft, in der ich ihn lebendig begraben habe.

Wir überflogen noch immer Deutschland. Decken wurden verteilt. Der Dicke wollte keine.

»Ich gebe sie Ihnen.«

»Danke.«

Mir war kalt. Ich wartete, dass er einschlief. Dass er wenigstens aufhörte, mich anzustarren. Ich wollte nicht, dass er mich trinken sah. Hin und wieder murmelte er den Namen, den ich mir kurz zuvor gegeben hatte.

»Betty. Betty. Betty.«

Ohrfeigen fand ich altmodisch. Die letzten haben empörte Frauen in Hollywoodfilmen aus den Fünfzigerjahren verteilt. Doch aus Erfahrung wusste ich, dass Männer eine Ohrfeige oft einer Liebkosung vorziehen.

»Betty. Ein Name wie ein Kuss.«

»Sie nerven mich. Ich heiße nicht Betty.«

Er lachte. Ich mochte es noch nie, wenn man lacht. Humor ist mir fremd. Witze verstand ich nie. Seit meiner Kindheit weiß ich, dass das Leben eine ernste Angelegenheit ist. Zu leben ist eine Odyssee. Man muss wissen, welche Waffen man zur Verfügung hat, und muss herausfinden, welche Schwachstellen die anderen in ihrer Rüstung haben. Charme ist eine Strategie. Wenn man nicht im Lager der Sieger geboren ist, zieht ein Frontalangriff auf den Feind die unabwendbare Vernichtung nach sich.

Mit zehn Jahren wurde ich von einem entfernten Verwandten vergewaltigt. Meine Mutter hatte ihn um finanzielle Hilfe gebeten, die er jedoch noch nicht endgültig zugesagt hatte. Er passte einen Moment ab, in dem niemand sonst im Haus war. Ich wollte nicht leiden. Ein Kampf hätte ihn wild gemacht.

»Du bist nett.«

Ich hatte begriffen, dass ein Kompliment ihn milde stimmen würde. Die Vergewaltigung wäre fast eine Zärtlichkeit wie bei Verliebten.

»Ich will dir nicht wehtun.«

Ich ließ ihn machen. Man begibt sich ja auch in die Hände des Zahnarztes, der einem einen Zahn ziehen muss. Das Leben schmerzt weniger, wenn man sich mit dem Unabwendbaren abfindet. Meine Mutter erfuhr nie etwas von diesem misslichen Vorfall.

Der Dicke bedrängte mich.

»Geben Sie sich einen anderen Vornamen.«

Ich sagte ihm, dass mich niemand beim Namen rief.

»Sie sind lustig! Soll ich etwa ›Mademoiselle‹ zu Ihnen sagen?«

Ich kuschelte mich in eine Decke. Die andere zog ich mir über den Kopf wie eine Burka.

Die Burka erregte ihn. Er träumte von einer unterwürfigen Frau oder von einer Art Henker, dessen Blick er hinter dem Gitter des Sichtfensters sehen würde. Von einer geheimnisvollen, unheimlichen Person. Einer Gestalt mit jemandem dahinter. Vielleicht einem bewaffneten Mann, der gleich den Schleier heben und eine Salve aus der Maschinenpistole auf ihn abfeuern würde.

Er maß Menschen keine besondere Bedeutung bei. Für ihn unterschieden sie sich nur durch den Gewinn, den er aus ihnen ziehen konnte. Bei seinen Geschäften war er so hart wie in der Liebe. Geld und Lust waren Leckereien. Vom Teilen wollte er nichts wissen. Er hätte alles verteidigt bis zum letzten Krümel.

Menschen waren für ihn Maschinen aus Fleisch. Man kann sich nie sicher sein, ob man ein lebendes Wesen voll und ganz besitzt. Er machte aus ihnen lieber Maschinen, die leiden mussten wie die wilden Tiere, die sich in seinen Albträumen gegen ihn wandten. Bevor er sie schließlich tötete, riss er ihre Wunden noch lange mit Tritten auf. Hätte er vom Minister eine Lizenz zur Jagd auf die Spezies Mensch bekommen, er hätte nicht gezögert, all jene zu erschießen, die sich seinem Willen widersetzten. Dieser Mann schlug ihm nichts ab. Er besorgte ihm sogar meine neue Handynummer, nachdem ich sie gewechselt hatte, um ihm zu entkommen.

Er errichtete Zäune um Menschen. Er stellte Wärter ein, die sie bewachten, Spitzel, die ihre Fluchtpläne, ihre Hoffnung auf ein neues Leben im Keim erstickten.

Er verlangte, dass ich ihn schlecht behandelte. Das war ein Befehl. Das Privileg seiner unumschränkten Macht. Immer war er der Meister der Domina. Ich hatte diesen Anzug in einem Sexshop an der Pigalle gekauft, als Netz, dessen Spinne ich war. Insektentraum. Er trug ihn, um damit seine ultimative Phantasie auszuleben. Indem er mich beraubt hatte, hatte er mich dazu verdammt, seine Mörderin zu werden. Ich habe ihm bis zum Schluss gehorcht. Seine Ermordung gehört ihm. Wie auch alles andere.

Noch vierundzwanzig Stunden Flug. Sie wollen doch nicht etwa bis Sydney schweigen?«

Er hatte die Decke angehoben. Hatte den flehentlichen Blick eines Mannes in Not. Immer kamen sie zu mir, um eine Liebkosung zu erbetteln. Wenn man ihnen die Hand gibt, wollen sie gleich den Mund. Sie sehen uns nicht, sie hören uns nie zu. Das Anhängsel, das sie für uns haben, ist blind und taub.

»Lassen Sie mich schlafen.«

»Geben Sie mir wenigstens ein Glas Champagner.«

Ich hatte die Magnum heimlich aufgemacht. Ich hatte nur einen Becher, den ich an einem Wasserspender mitgenommen hatte, bevor ich an Bord gegangen war.

»Ich habe kein Glas.«

»Ich werde die Stewardess um eines bitten.«

»Ich will nicht auffallen.«

Er ließ den Kopf zurück an seine Lehne sinken.

»Sie fliegen nicht in den Urlaub.«

»Na und?«

»Ich auch nicht.«

»Ist mir egal.«

»Sie sind ja nicht gerade gesprächig.«

Ich hatte keine Lust mehr, mit irgendjemandem zu sprechen.

Ich habe seitdem zu viel geredet. Worte ins Leere gerichtet. Habe versucht, ernsthaft zu sein. Doch kein Satz enthält die Wahrheit. Der Satz schwimmt auf ihr wie ein Ölfleck auf einer Welle. Vor seinem Tod log ich andauernd. Die Wahrheit schmückte ich immer aus. Meine Lügen gefielen. Ich verschenkte sie wie Bonbons. Wenn sie ausgelutscht waren, verteilte ich neue. Auf dem Kommissariat knallten die Polizisten sie mir von Vorladung zu Vorladung wieder vor den Latz. Am Ende war ich es müde. Ich gestand.

Sie hätten meine Lügen besser glauben sollen. Ein Attentat, in Auftrag gegeben von einem osteuropäischen Magnaten, hätte besser ins Bild gepasst. Die Mörder hätten den Overall mitgebracht. Unter Drohungen hätte er ihn anziehen müssen. Um den Leuten Angst zu machen, inszenieren Geheimdienste gern Hinrichtungen. Die Presse hätte dieses Märchen geliebt, und die Öffentlichkeit hätte sich daran gelabt wie an einem Löffelchen Belugakaviar.

Die Wahrheit ist verheerend. Sie ist blind. Mitleidlos. Sie erniedrigte seine Familie. Sie trübte das Bild des Vaters im Herzen seiner Kinder. Sie riss die Wand ein, die ihr Zimmer von dem Schuppen trennte, in den er nach dem Orgasmus rannte. Diese Kinder verdienten das Schicksal nicht, das mir mein Vater auferlegt hatte. Sie hätten sich diesen Prozess gern erspart. Die Mutter hatte sie seit dem Tag nach der Tragödie beschützt. Sie hatte für ihre Kinder je einen eigenen Psychologen engagiert, der ihnen half, Schritt für Schritt Trauerarbeit zu leisten. Das Erbe ließ sie schließlich wieder zu sich kommen. Aber als sie vor Gericht aussagten, mussten sie in ihrem Gedächtnis kramen wie in einem Keller.

Die Polizei hätte seine Leiche in den Bentley setzen, ihn von einer Brücke stürzen und das Ganze als Unfalltod aussehen lassen können. Dieses Glück hatten die Kinder nicht, und der Prozess entehrte sie ein zweites Mal.

Diese Wahrheit bescherte den Medien das schäbige Ende eines lasterhaften Menschen – als könne man jemanden von den Umständen seines Todes her charakterisieren. Sein Sexualleben wurde in den Zeitungen ausgebreitet wie das Skript zu einem Pornofilm. Von der Weigerung, die Lüge zu akzeptieren, profitierten nur die Voyeure, die Kleingeister, die über ihn herziehen konnten, die Verbitterten aller Couleur, die ihn um sein alchimistisches Talent beneideten, mit dem er die Schrottpapiere von Bankrotteuren zu Gold machte.

Wenn die Wahrheit schadet, ist auch sie ein Verbrechen. Heute bereue ich, dass ich sie gesagt habe.

Lexomil verträgt sich gut mit Champagner. Der Mord spukte in mir herum, glitt durch mich hindurch wie eine Gondel. Die Puppe flog davon. Ein länglicher, rosa Ballon, in dem er das Helium war. Mit dem Revolver in der Hand fuhr ich zum Himmel auf. Das Leben war eine Jagdpartie. Ein Volksfest, bei dem die Körper wie Pingpongbälle auf kleinen Wasserstrahlen tanzten.

Der Dicke weckte mich. Ich bin nicht sicher, ob ich geschlafen habe. Jedenfalls war ich ernüchtert. Er klappte mein Tischchen herunter und stellte mein Essenstablett ab.

»Kein Hunger.«

»Aber ich werde es nicht der Stewardess zurückgeben.«

»Essen Sie es.«

Er stellte es auf seinen Schoß. Und aß hektisch, bevor die andere Portion kalt wurde.

Wir flogen über Russland. Er reiste oft nach Moskau. Manchmal nahm er mich mit. Er mietete eine Suite im Metropol. Um sechs Uhr früh stand er auf. Seine Sekretärin kam um sieben. Ich hörte sie im Salon frühstücken. Sie ähnelte mir, perfekte Figur und ein Gesicht, das nicht hübsch genug war, um auf eine Karriere als Topmodel hoffen zu können. Ein Äußeres, gerade unvollkommen genug, um die Männer nicht einzuschüchtern.

Die beiden hatten nie etwas miteinander. Andere Angestellte erwiesen ihm gewisse Dienste, wenn er allein, geil und steif hinter seinem Schreibtisch saß und gerade einen Mitarbeiter zurechtgewiesen hatte. Er ließ sich sogar beim Masturbieren helfen. Er sagte einmal zu mir, er sei kein Handarbeiter. Diese Aufgabe überließ er seinen Domestiken, zu denen ich ebenso gehörte wie die Belegschaft seines Konzerns.

Ich sah ihn immer erst abends. Nachmittags lauerte ich in den Lobbys der Grandhotels auf Mädchen. Ich fotografierte die Kandidatinnen und schickte ihm die Bilder auf sein Handy. Er antwortete mit Ja oder Nein, als wäre ich sein Feldwebel bei der Musterung. Ich musste mit den Mädchen das Honorar aushandeln, ihnen einen Vorschuss in bar bezahlen und mir von ihnen eine Quittung geben lassen, damit er ihre Leistungen bei seinen Ausgaben geltend machen konnte. Ich hatte ein Scheckheft, sie mussten nur ihren Namen eintragen und unterschreiben.

»Ich bin aber keine Übersetzerin.«

»Ja, aber in Frankreich kann man das Honorar für Nutten nicht als Geschäftsausgabe abrechnen.«

Ich durfte sie mit dem Geld, das ich ihnen gegeben hatte, nicht gehen lassen. Bis zum Abend blieb ich bei ihnen wie eine Anstandsdame. Sie tranken Wodka und erzählten mir in gebrochenem Englisch ihre Lebensgeschichten. Leben, die sich eins ums andere glichen. Wenn ich den Schnee und die weißen Juninächte wegließ, waren sie mit dem Leben zu vergleichen, das ich bis zu unserem Zusammentreffen geführt hatte.

Gegen acht Uhr brachte ich sie ins Metropol, in einer Stretchlimo, die sein Unternehmen nur zu diesem Zweck angemietet hatte. Es waren zu viele, als dass sie in ein Taxi gepasst hätten. Im Gänsemarsch folgten sie mir durch die Hotelgänge. Sie waren erst kurz zuvor volljährig geworden, und wäre ihre Kleidung strenger gewesen, hätte man mich für die Rektorin eines Mädchenpensionats halten können.

Das war eine seiner hartnäckigsten Phantasien: über einen Schwarm Schülerinnen in Faltenröcken zu verfügen. Ich hatte solche Röcke dabei. Kurz nach der Ankunft bügelte ich sie selbst auf, damit die Zimmermädchen nicht argwöhnisch wurden.

Bevor er kam, musste ich die Mädchen duschen wie Babys und sie mit meinem Parfüm besprühen.

Wir sollten alle denselben Geruch verströmen. Es gibt ja Leute, die nur den Duft von Rosen ertragen.

Er schickte mir eine SMS und teilte mir mit, dass er im Aufzug sei. Ich hatte die Stühle schon im Viereck aufgestellt. Da saßen wir mit Bändern im Haar, das zu Rattenschwänzen frisiert war, die Hände flach auf dem Rock wie artige Kinder.

Sie hatten Angst vor dem Knüppel, mit dem er ihnen drohte, und vor den Accessoires, die sie angeblich in ihre Öffnungen schieben sollten. Ich musste sie beschwichtigen, damit sie nicht im Röckchen die Flucht ergriffen. Doch sie waren noch ganz intakt, wenn ich sie dann gegen zwei Uhr nachts gehen ließ. Sein Penis war nicht einmal mit ihnen in Berührung gekommen.

Es war Gruppensex unter Mädchen. Nach diesen Kinderschreck-Präliminarien befahl ich ihnen, sich langsam auszuziehen und eine nach der anderen zu mir ins Bett zu kommen, wo wir uns dann untereinandermischten wie die Zutaten eines Fruchtsalats. Ich musste ihr nervöses Lachen dämpfen. Er saß, die Hose um die Knöchel, in einem Sessel und sah uns zu. Manchmal klopfte er zerstreut sein Jackett ab und zog seinen Krawattenknoten gerade.

Sobald sie gegangen waren, schlug ich ihn ins Gesicht. Und penetrierte ihn mit dem Holzstab.

Dann kniete ich mich vor ihn hin. Nachdem ich meines Amtes gewaltet hatte, sank er in den Sessel. Er warf den Kopf zurück, Mund halb offen, seine langen Arme berührten den Boden.

Wenn er zu mir ins Bett kam, fragte er mich immer, ob ich mir die Zähne geputzt hätte.

Zwei Monate nach unserer ersten Nacht gab er mir die Adresse eines Gynäkologen, der mir einen Aidstest verschreiben sollte.

»Ich gehe zu meinem Hausarzt.«

»Nein.«

Er vertraute nur jenem Arzt. Seit über zwanzig Jahren schickte er alle seine Geliebten zu ihm.

Vor Keimen hatte er Angst, vor Viren Paranoia. Nach jedem Koitus desinfizierte er seine Eichel mit Alkohol. Es verletzte mich, dass er meinen Mund und meinen Anus für Kloaken hielt, in denen ganze Bakterienkulturen gediehen, die so aggressiv waren, dass sie sich sogar durch ein Präservativ fraßen. Nach unseren Sitzungen musste ich seinen Overall mit einer antiseptischen Lösung reinigen, die ich im Großpack kaufte. Körper waren für ihn Mikrobenschleudern, vor denen ihm graute wie vor Briefbomben.

Die Praxis des Gynäkologen war in der Nähe der Champs-Élysées. Ein schmerbäuchiger Mann mit grau meliertem Haar und einer Brille mit rechteckigen Gläsern wie zwei Monitoren. Er ist oft Gast in Fernsehsendungen über Gewichtszunahme in der Menopause und über Vorbeugung gegen Gebärmutterhalskrebs.

Zweihundert Euro die Konsultation. Er schickte mich zum Institut Alfred Fournier. Ich musste mich einer ganzen Reihe serologischer Tests und Punktionen unterziehen, wurde auf Syphilis, Chlamydien, Gonokokken, Condylome und Hepatitis C untersucht. Der Arzt wollte mir die Ergebnisse unbedingt persönlich mitteilen. Wieder musste ich für die Konsultation bezahlen.

»Gute Neuigkeiten – Sie haben nichts.« Er lächelte spöttisch. »Sie sind gut für den Job.«

Ich glaube, ich war ein tapferer kleiner Soldat. Ich gehorchte – so sehr, dass ich aus seiner leisesten Phantasie ein mir teures Bedürfnis machte. Ich hätte mich auch als Schild vor ihn geworfen, um ihn vor einem Querschläger zu schützen. Der Mord war die Folge meiner exzessiven Liebe. Ich habe ihn getötet, weil ich ihn zu sehr liebte. Die lange Haft ist mir lieber als das Unglück, wenn unsere Wege sich niemals gekreuzt hätten.

Immer noch zog Russland unter uns vorüber. Er träumte davon, die Ölquellen und Gasvorkommen dieses Landes zu übernehmen. Bevor er die Förderstätten kaufte, kaufte er die Leute. Mit Mercedes 500, hektoliterweise Sauternes und für die Mätressen Solitären, die er bei den Juwelieren an der Place Vendôme erstand und die ich nie haben durfte. Doch er hatte Feinde an der Spitze des Staates. Geldzaren, die zu reich waren, um sich bestechen zu lassen, Ex-KGBler, für die er nicht viel mehr wert war als das Magazin einer Kalaschnikow. Er hatte noch eine Gnadenfrist. Heute wäre er in jedem Fall tot.

Er besaß Kalaschnikows. In seinem Schloss im Loiretal gab es riesige Kellergewölbe, Weinkeller, wo die großen Gewächse in aller Ruhe reiften, um zur Feier ihres Tages entkorkt zu werden, es sei denn, man ließ ihnen Zeit, hundert Jahre alt zu werden. Niemand wagte es aus Achtung vor ihrem hohen Alter, sie zu trinken. Er, der den

Alkohol fürchtete und Wein nicht ausstehen konnte.

Er hatte einen Teil des Untergeschosses betonieren lassen. Einen acht Meter langen Raum voller Regale und Panzerschränke. Beleuchtet wurde er von Halogenscheinwerfern mit Schutzkapseln aus Plexiglas. Eine plötzlich geborstene Glühbirne hätte eine solche Explosion hervorrufen können, dass das Schloss pulverisiert worden wäre und man bis hinüber nach Blois noch Partikel gefunden hätte.

Ein Arsenal aus Tausenden von Handwaffen, Gewehren, leichten Maschinenpistolen, Handgranaten und einem Munitionslager, das, laut ihm, ausgereicht hätte, um zehntausend Menschen einzeln zu exekutieren.

»Vorausgesetzt, man trifft.«

»Du triffst.«

»Mit den Sprengkörpern kann man in einer Menschenmenge sogar zwanzigtausend umlegen.«

Sechs Monate vor seinem Tod hatte er sich noch ein schweres Maschinengewehr zugelegt, einen Raketenwerfer und eine Kiste Landminen. Ihre Wirkung hat er in einer abgelegenen Ecke des Parks an einem Foxterrier getestet, den er extra dazu bei einem Züchter in Romorantin gekauft hatte.

»Er war nicht ganz tot.«

»Hast du ihn erlöst?«

»Ich hab ihn totgeschlagen, ich hatte meine Pistole nicht dabei.«

Diese Waffen hatte er ganz legal gekauft und jeweils eine Rechnungskopie an seine Versicherung geschickt. Ein Vermögen ist eine solidere Macht als die Macht eines Staatspräsidenten, der sich in regelmäßigen Abständen vor dem Volk verbeugen und den zeitlich begrenzten Besitz einer Krone erbetteln muss.

Manchmal verbrachten wir einen ganzen Nachmittag in der Waffenkammer. Es gefiel ihm, die Waffen auseinanderzunehmen, sie zu ölen. Er polierte die Läufe mit Gamsleder und wachste das Holz der Kolben wie Möbelstücke. Ich half ihm, sie mit einem Wolltuch zum Glänzen zu bringen. Er hielt sie ins Licht, um sie spiegeln zu sehen. Er lächelte wie ein spielendes Kind. Ein Lächeln, das für Revolver, Gewehre und all die anderen Spielzeuge in dieser Ali-Baba-Höhle reserviert war.

»Wenn man Waffen hat, muss man sie auch pflegen.«

Im Januar 2003 drückte er mir einen Trommelrevolver in die Hand.

»Fühl mal, wie kalt er ist.«

Er streichelte ihn mit den Fingerspitzen wie eine weiße Maus.

»Ein witziges Tierchen.«

»Ja.«

»Willst du einen haben?«

Er streichelte meine Stirn mit derselben Zärtlichkeit wie den Revolver.

»Willst du?«

Ich sagte bei ihm niemals Nein.

»Ja, gern.«

»Behalt ihn, ich schenk ihn dir.«

Ich umklammerte ihn. Presste ihn flach an mein Herz. Küsste ihn. Dieser Kuss erregte ihn so sehr, als hätte ich ihn einem Callgirl gegeben; ich musste immer mal wieder Mädchen besorgen, um sein Bedürfnis zu befriedigen, mir dabei zuzusehen, wie ich mit einer Frau schlief.

Er wurde steif. Er klappte ein Feldbett auf – so eines, auf dem Soldaten im Krieg schlafen. Er stellte es in die Mitte des Raums. Wir liebten uns. Umgeben von Waffen war er zärtlich. Man hätte meinen können, sie wachten über ihn. Er hat mich genommen. Ich bin gekommen.

Hinten im Keller war ein Schießstand. Die Zielscheiben stellten menschliche Figuren dar. Manchmal klebte er ein Foto von Putin darauf oder das Bild eines Filialleiters, den er feuern wollte. Er brachte mir bei, mit dem Revolver umzugehen.

»Du bist begabt.«

Meine Hand zitterte nicht. Ich konnte die Trommel in einer Salve leeren und einen Sammelschuss abgeben. Er machte sich gern selbst Angst. Manchmal stellte er sich ans Ende des Schießstands, drückte sich an die Mauer und sagte, ich solle feuern.

»Tu so, als sei ich nicht da.«

»Ich kann nicht.«

»Leg los.«

Ich gehorchte. Die Kugeln pfiffen ihm um die Ohren. Ich sah, wie sich sein Arm langsam hob, doch am Ende widerstand er der Versuchung, die Kugeln mit der Hand zu fangen.

»Lade nach.«

»Nein.«

»Doch.«

Wieder und wieder schoss ich. Erschöpfung überkam mich. Meine Schultern schmerzten. Die Schüsse wurden ungenauer, einige Kugeln verirrten sich neben der Zielscheibe.

»Konzentrier dich.«

Ich legte den Revolver auf den Boden.

»Ich kann nicht mehr.«

»Versuch, dich zu entspannen.«

Er zeigte mir, wie ich mich lockern konnte. Er beugte den Oberkörper und ließ die Arme baumeln.

»Einatmen, ausatmen. Richte dich langsam wieder auf, während du durch die Nase atmest.«

Wieder zielte ich, wieder schoss ich.

Jedes Mal, wenn er mich mit in den Keller nahm, musste ich dieses Spiel spielen. Wenn er die Rollen vertauschte, fesselte er mir Hände und Füße. Manchmal tat er so, als würde er auf mich zielen. Er wartete darauf, dass ich anfing zu schreien.

»Du kannst brüllen, so laut du willst, hier hört dich keiner.«

Er verschonte mich, er verschoss das Magazin auf Putins Konterfei. Ihm fehlte ein Auge und die halbe Stirn.

»Hör auf zu weinen, es ist vorbei.«

Lächelnd kam er zu mir. Er trug mich auf dem Rücken wie einen Verwundeten im Feld. Er legte mich auf den Boden. Dann wurde er wieder ernst, lud die Waffe und holte seinen harten Penis heraus. Er zielte auf meinen Kopf, und im letzten Moment schoss er auf einen der Sandsäcke, die er aufgeschichtet hatte, als würde er einen Hinterhalt befürchten. Manchmal ejakulierte er dabei. Sein Gesicht war schmerzverzerrt, als hätte ihn der Schuss tödlich getroffen.

Dann kam er wieder zu sich. Schnitt meine Fesseln durch. Plötzlich war er sanft. Ein grausames Kind, das die Armee nicht hatte haben wollen. Ein Traum von Abenteuer im schmutzigen Wasser eines Hafens. Kampfschwimmer werden, Bomben an Flugzeugträgern anbringen. Die Chance auf einen Heldentod. Man hatte ihn wegen psychischer Probleme ausgemustert. Eines Abends hatte er sich mir in einer Panikattacke anvertraut, in einem einzigen Redeschwall, Sätze, die man ineinander verschachtelt hätte, damit der Schmerz, sie auszusprechen, nicht so lange angedauert hätte. Dann rannte er ins Badezimmer. Ich lief ihm nach. Er schluchzte unter der Dusche.

»Ich weine nicht, es ist Wasser.«

Ich ging in aller Ruhe zurück ins Schlafzimmer, damit er dachte, dass ich ihm glaubte.

Die Angst, er könnte mich töten und meine Leiche in einem Verlies des Schlosses verschwinden lassen, dessen dunkle Brunnenschächte er mir einmal gezeigt hatte. Es stank nach Tierkadavern, die Treppenstufen waren eingestürzt, die schwarzen Rinnsale sahen aus wie Blut. Das Grauen, er könnte mich nach und nach aus seinem Kopf tilgen. Er hatte so einen starken Willen, dass er die Erinnerung an mich versiegeln und sie aus seinem Gedächtnis streichen konnte. Die Panik, ihn im letzten Moment vor der Zielscheibe auftauchen zu sehen, zu sehen, wie einer meiner Schüsse ihn mitten ins Herz traf, und dann lange Zeit an seine Leiche gedrückt zu verharren, nicht zu wagen, wieder nach oben zu gehen, zu warten, dass man mich festnimmt oder dass ich an Entkräftung sterbe …

Trotz allem hatte mir nie etwas die Lust verderben können. In diesem Keller waren wir allein, dort waren wir zusammen. Ich gab mich hin, ich hoffte. Ich gönnte mir sogar die Freude, zu glauben, dass er mir gehörte.

Das Flugzeug befand sich über China. Mein Sitznachbar schwitzte nicht mehr. Er schlief mit zusammengepressten Lippen, trockenem, ausdruckslosem Gesicht, die Hände wie eine Muschel über seinem Schoß gefaltet, als fürchtete er, die Stewardess könnte eine Tasse heißen Kaffee umkippen und seine Testikel verbrühen.

Ich stieg über ihn hinweg, stieß ihn an. Er bewegte sich, aber sein Schlaf war gut. Mitten auf dem Gang fiel ich hin. Das Licht war aus, nur zwei, drei Leselämpchen brannten über den Sitzen derer, die nicht schlafen konnten. Ich stand wieder auf. Ging auf die Toilette. Erbrach mich. Ich betrachtete mich im Spiegel. Ein Gesicht, das ich nicht sehen wollte. Augenringe stehen mir nicht. Ich habe immer hellen Lidschatten benutzt, schwarz umrandete Augen machen mich hässlich. Nach dem Mord hatte ich mich sorgfältig geschminkt. Das war gestern gewesen. Ich hatte sogar ein bisschen Lippenstift aufgetragen, bevor ich mit dem Wagen losgefahren war.

Die vielen Kilo, die ich innerhalb eines halben Jahres verloren habe. Das Gewicht gar nicht mitgerechnet, das ich im Gefängnis verlieren würde. Er hat mich aufgezehrt. Ein Kieselstein, der zu lange gerollt ist. Ein Mann wie ein Sturm. Ein gebrochenes Mädchen. Ein Mädchen, das schon in schlechtem Zustand geboren wurde. Das wie ein Pechvogel aufs Entbindungsbett gefallen war. Ich bemühte mich, weiter zu hoffen. Das war meine Arbeit geworden. Ich wollte meine Hoffnung stärken wie einen Bizeps. Zumindest wollte ich sie aufrechterhalten, verhindern, dass sie verkümmert.

Manchmal hatte ich einen animalischen Instinkt. Ich wollte fliehen wie ein Pferd, das vor einem Erdbeben davongaloppiert. Er fing mich immer wieder ein, die Tragödie war ihm lieber als meine Abwesenheit.

Schon in den ersten Wochen wollte er unsere Zukunft voraussehen. Im Scherz sagte er, einer seiner Freunde, ein Hellseher, könne uns einen Blick auf unser Schicksal ermöglichen. Er würde das Datum unseres Todes verschweigen, würde uns die Liste vorübergehender Unannehmlichkeiten und jahreszeitlich bedingter Krankheiten ersparen, die wir uns sicherlich in dem einen oder anderen Winter zuziehen würden.

»Aber er wird uns sagen, ob es sich lohnt.«
»Ob sich was lohnt?«

»Uns auf eine Liebesgeschichte einzulassen.«

Eines Abends verabredete er sich mit mir in einem Pariser Traditionsrestaurant in der Rue Vivienne beim Palais Royal. Ich wartete eine Dreiviertelstunde auf ihn. Ich trank ein Glas nach dem anderen und wies die Anträge einzelner Herren und die Anmache derer zurück, die den Toilettengang ihrer Tischdame ausnutzten und mich nach meiner Telefonnummer fragten.

Als er kam, ging er gleich auf einen Mann zu, der an der Bar stand und sich nicht ein einziges Mal nach mir umgedreht hatte. Er brachte ihn an den Tisch.

»Darf ich dir meinen Psychologen vorstellen?«

Ein großer Zwergenkopf, stechend blaue Augen, ein Mund mit dicken, granatroten Lippen.

»Ein Hellseher.«

Später erfuhr ich, dass er seit dreizehn Jahren wöchentlich zu ihm ging. Manchmal nahm er ihn sogar für eine Sitzung in 4500 Metern Höhe in seinem Jet mit. In seinen Büchern taucht er auf dem Konto »Weiterbildung« als Berater auf.

»Sagst du nichts?«

»Bonsoir, Monsieur.«

Er berührte meine Hand und wischte sich seine Hand an einem Papiertaschentuch ab, das er aus der Tasche zog; dabei tat er so, als müsse er husten.

»Krieg ich einen Kuss?«

Ich warf ihm aus der Distanz einen Kuss zu. Er rief einen Kellner und bestellte – ohne uns zu fragen, was wir gewollt hätten, wenn wir die Speisekarte selbst gesehen hätten. Im Restaurant fragte er nie, was ich wollte. Wenn er mich bestrafen wollte, bestellte er Gerichte, die mir nicht schmeckten.

»Dazu eine Flasche Rotwein und Wasser.«

»Im Moment haben wir einen ausgezeichneten Brouilly.«

»In Ordnung. Ich trinke sowieso nichts.«

Ein perfekter Rüpel, aber ich hatte schon immer eine Schwäche für grobe Männer, die mir ihren Willen aufzwangen. Oft war ich enttäuscht, denn alles in allem entpuppten sie sich im Lauf der Zeit als unentschlossene Tyrannen, als kleine Zinngeneräle, die ihren Männern den Hintern hinhielten, um sich treten zu lassen.

Als Vorspeise gab es Fischterrine. Der Psychologe rührte davon nichts an.

»Iss.«

»In Terrinen stopfen sie rein, was sie wollen.«

»Das ist wie das Unbewusste, ein Ding, das mit Dreck vollgestopft ist.«

»Typisch. Deine Manie, zu bestellen, ohne die anderen zu fragen.«

»Halt den Mund.«

Er kniff mir in die Wange. Wirkte zufrieden mit mir. Der Psychologe war verärgert wie ein Leibeigener, den sein Herr gegen ein Fass Heringe eintauschen wollte.

Er sagte zu ihm:

»Frag sie schon.«

»Es wäre besser, wenn ich sie in meiner Praxis treffen könnte.«

»Tu, was ich sage.«

Er zog einen Spiralblock aus der Sakkotasche.

»Würden Sie mir bitte Ihre Geschichte erzählen, Mademoiselle?«

»Ich habe keine Geschichte.«

Der Psychologe seufzte.

»Man kann einen Patienten nicht an einem öffentlichen Ort befragen.«

»Willst du wirklich die Rechnung bezahlen?«

Er nahm meine Tasche, die ich auf die Bank gestellt hatte. Warf sie mir zu wie einen Ball.

»Wir gehen. Du triffst diesen Idioten morgen früh.«

Er zog mich hoch. Zog mich zur Tür. Er drehte sich um. Schrie los:

»Ich würde dir nicht raten, Honorar von ihr zu verlangen. Sonst bist du gefeuert.«

Er schob mich hinaus.

»Du wolltest wohl nicht in meinem Beisein über mich reden. Verheimlichst du mir etwas?«

»Für wen hältst du mich?«

»Für eine Frau.«

Ich wischte meine Wange ab. Ich bin nicht sicher, ob er mich angespuckt hat. Es regnete nicht, aber selbst bei schönem Wetter kann manchmal ein Tropfen aus einer verirrten Wolke fallen.

Er stieg in seinen Bentley. Beim Losfahren streifte er einen Wagen. Er verschwand um die Ecke. Ich rief meinen Mann an und sagte ihm, dass ich noch eine Woche in Frankreich bleiben müsse.

»Ich sehe dich gar nicht mehr.«

»Ich habe eine Stelle als Vertreterin in einem Juweliergeschäft in Montparnasse.«

»Gut, dass du wieder arbeitest.«

»Ich tue, was ich kann.«

Die folgenden Tage verbrachte ich in melancholischer Stimmung in meinem Haus in Avallon.

Er rief an, ich wies alle seine Anrufe ab. Er schickte mir Nachrichten und beschimpfte mich.

»Wie viel kostest du?«

In anderen Nachrichten entschuldigte er sich wie ein kleiner Junge.

»Ich bitte dich um Verzeihung, ich habe dir wehgetan.«

Eines Morgens hörte es auf. Ich glaubte fast schon, das Funknetz sei zusammengebrochen. Am nächsten Tag bekam ich einen Anruf von seiner Sekretärin, sie sagte, sie hätte für mich gerade einen Termin bei seinem Psychologen gemacht.

»Morgen fünfzehn Uhr. Kann ich zusagen?«

Ich war noch nie bei einem Therapeuten gewesen, aber ich war sicher, dass ich einen ziemlichen Knacks hatte. Meine Kindheit war nicht gerade rosig gewesen. Ich hatte meine Vergangenheit nicht gewollt. Ich war nur für die Zukunft verantwortlich, in der noch nichts stattgefunden hatte. Ich wollte, dass er das wusste. Und wenn er sich dessen sicher sein konnte, würde er mich vielleicht lieben. Ich könnte ihn erhobenen Hauptes verlassen.

»Sind Sie morgen verhindert?«

»Nein.«

Ich saß eine Viertelstunde in der Praxis.

»Wollen Sie mich nichts weiter fragen?«

»Keine Sorge. Ich weiß genug, um ihm einen Bericht zu schreiben.«

»Und was wollen Sie ihm sagen?«

»Dass Sie nicht gerade neurotisch sind.«

Zufrieden ging ich weg. Er hatte mir keine einzige peinliche Frage über den Beginn meines Sexuallebens durch eine Vergewaltigung gestellt. Er hätte auf den Gedanken kommen können, dass ich Männer deswegen hasste. Manchmal schlief ich mit Frauen, aber ich betrachtete mich nicht als lesbisch, und Männer sah ich nicht als Feinde an.

Am Abend nahm ich den Zug und fuhr zu meinem Mann. Er holte mich vom Bahnhof ab. Seit jenem Abendessen in der Rue Vivienne waren nur fünf Tage vergangen. Mein Mann war misstrauisch.

»Du hast doch gesagt, dass du noch eine Woche arbeiten musst.«

»Ich bin fürs Arbeiten nicht geschaffen.«

Er wurde nachdenklich.

»Du könntest Künstlerin werden.«

»Ich kenne niemanden, der mir helfen könnte.«

»Du kennst doch diesen Antiquitätenhändler.«

»Ich weiß nicht, ob ich Talent habe.«

»Das kannst du auch nicht wissen. Du hast ja noch nie gemalt. Und außerdem geht es nicht darum. Es gibt schlechte Maler, die trotzdem viel Geld machen.«

Er kaufte mir eine Staffelei. Ich stellte fest, dass ich Talent habe. Ich hatte auch angefangen, Gedichte zu schreiben. Aber der Gitarre, die wir vom Speicher geholt hatten und auf der mein Mann als Student auf der Straße »Jeux interdits« gespielt hatte, konnte ich keinen einzigen Akkord entlocken.

Der Antiquitätenhändler wollte mir nicht helfen.

»Das musst du allein schaffen, ich bin doch kein Kunsthändler.«

Vor der Tragödie war ich kurz davor, einen Band mit Aquarellen zu veröffentlichen. Der Verleger wollte, dass ich mich an den Herstellungskosten beteiligte. Mein Mann murrte. Er fürchtete Absatzschwierigkeiten.

»Ich kann mir zurzeit keine aussichtslosen Investitionen leisten.«

Der Flug dauerte ewig. Als würden die Zeitzonen nicht zulassen, dass wir die Zeit zurückdrehten. Wieder eine Mahlzeit. Ich hatte einen leeren Magen. Ich aß alles und spülte es mit dem Rest Champagner aus der Magnum-Flasche hinunter. Ich dachte nicht mehr an den Mord. Ich dachte nicht einmal mehr an ihn.

Nach meiner Rückkehr aus Sydney würde ich mich ein paar Wochen in Avallon vergraben. Ich hatte das Haus selbst eingerichtet. Es war zu klein, um übers Wochenende Freunde einzuladen, aber es genügte mir, dass ich ein friedliches Refugium für mich allein hatte. Ich musste noch das Badezimmer renovieren. Ich wollte über der Badewanne einen Fries malen. Die alte Tapete hatte ich schon abgerissen und die Wand verputzt.

Er spürte mich oft dort auf. Abends versteckte er sich im Wald und beobachtete mich mit dem Infrarotglas, das er bei der Bärenjagd benutzte. Er sah, wie ich im Wohnzimmer auf und ab ging und mich leicht bekleidet im Schlafzimmer bewegte, das ich im First eingerichtet hatte. Er war wie ein Raubtier, das auf der Lauer lag und einen günstigen Moment abpasste, um sich auf seine Beute zu stürzen.

Er stieg ein paar Kilometer entfernt in einem Wirtshaus am Fuß eines Weinbergs ab. Manchmal wartete er mehrere Tage, bevor er mich überraschte. Er kümmerte sich von unterwegs um seine Geschäfte, hin und wieder rief er auch seine Mitarbeiter zu einer Arbeitssitzung im Saal des Restaurants zusammen, das er für diesen Zweck mietete.

Und dann überfiel er mich. Er wartete, bis alle Lichter erloschen waren. Er hatte keinen Zweitschlüssel, aber das Küchenfenster hatte keine Läden. Er drückte es auf, und meist gab der alte Riegel nach. Manchmal schlug er auch die Scheibe mit dem Ellbogen ein. Ich habe den tiefen Schlaf derer, die nur mit Schlaftabletten die Nacht überstehen. Ich hörte ihn nicht ins Zimmer kommen, hörte auch nicht, wie er sich auszog und die Schuhe auf den Dielenboden warf. Er machte sich nicht die Mühe, mich zu wecken und mir zu zeigen, dass er da war, er machte sich auch nicht die Mühe eines Vorspiels. Ich erwachte schreiend vor Schmerz, seinen Penis in meiner trockenen Vagina.

Wenn ich am Morgen herunterkam, erwartete er mich mit Croissants und frischem Brot, das er von dem Geld aus meiner Tasche gekauft hatte. Für seine nächtlichen Grobheiten entschuldigte er sich nicht. Jedenfalls nicht, dass ich wüsste. Ich war gern seine Beute, die er auf seinem Land überfiel. Er war der einzige Mann, der mich jemals so begehrt hat.

Während ich Kaffee trank, fragte er mich:

»Warum hast du nicht auf meine Nachrichten geantwortet?«

»Ich weiß nicht.«

Er schlug mich zärtlich.

Ich fuhr mit ihm nach Paris zurück. Immer wieder hielt man uns an.

»Zweihundertfünfzig Stundenkilometer. Steigen Sie bitte aus.«

»Sie stehlen mir meine Zeit.«

Er rief irgendwo an. Dann reichte er dem Polizisten sein Handy.

»Für Sie.«

Der Polizist gab es ihm seufzend zurück, nachdem er dem Teilnehmer am anderen Ende der Leitung kurz zugehört hatte.

»Sie können weiterfahren.«

Wir fuhren weiter. Wer ihn immer aus solchen unangenehmen Situationen herausholte, wollte er mir nie sagen.

»Schläfst du mit einem Gendarmerie-General?«

Er sah mich an wie ein reumütiger kleiner Lausbub.

»Sie lutschen mein Geld wie einen Schwanz.«

Eines Abends im Dezember 2004 aßen wir in der Geheimwohnung eines Regierungsmitglieds – ein Loft in einem Hinterhaus mit so wenig Mobiliar, dass dieser Mann es ganz sicher nie bewohnt hatte. Eine groß gewachsene rothaarige Frau öffnete uns. Sushi wurde geliefert, während ich mit der Frau lauwarmen Wodka auf einem brandneuen Sofa trank, die Rückenlehne hatte noch einen Plastiküberzug. Die Männer saßen im hinteren Teil des Raums auf Klappstühlen und diskutierten. Mit uns redeten sie nicht. Sie aßen das Sushi direkt aus der Schachtel.

Sie plapperte unablässig. Sagte, sie habe ihre Karriere beim Nacktfilm begonnen.

»Porno?«

»Nein, nein. Zeitgenössische Kunst. Nacktheit. Einfach nur Nacktheit.«

Sie wollte sich Po und Brust operieren lassen.

»Am nächsten Montag habe ich in Madrid meine OP.«

Sie zeigte mir ein Foto von Greta Garbo.

»Wenn ich mir doch nur ihr Gesicht leisten könnte!«

Ein sündhaft teurer Eingriff von sieben, acht

Stunden. Sie fragte mich, wieso ich meine Nase nicht hätte kürzen lassen.

»Finden Sie sie zu lang?«

»Sie ist unelegant.«

Sie zog ein Tablettenröhrchen voller Kokain aus der Tasche.

»Na, wenigstens können Sie mit Ihrer Nase richtig sniffen.«

Es gab nicht mal einen Tisch. Sie zog die Lines auf der Armlehne. Die Männer kamen zu uns. Der Staatsmann hockte sich hin und zog sich etwas rein. Dann gingen sie wieder und redeten weiter.

»Nehmen Sie nichts?«

»Nein.«

Ich stand auf. Fand schließlich das Badezimmer. Mein Vater sagte immer, ich hätte eine Nase wie ein Fuchs. Ich setzte mich auf den Badewannenrand. Ich weinte nicht. Ich wartete, dass der Abend vorbeiging. Nahm Tabletten. Senkte den Blick. Ich hatte Angst vor dem Spiegel.

Als wir gingen, lag das Mädchen kreideweiß auf dem Sofa. Der Politiker war wütend.

»Sie verträgt keinen Alkohol. Sie sollte sich besser eine neue Leber transplantieren lassen!«

In der Tür wünschte er mir viel Glück.

»Wozu?«

Er antwortete mir nicht. Lachend wandte er sich an ihn.

»Wenn du dich umbringen lässt, kannst du bei deiner Beerdigung nicht mit mir rechnen.«

Wir irrten durch den Hof, bis wir das Tor fanden. Er war völlig gestresst. Ich sah, dass er ein wenig zitterte.

»Der Staat wird mich fallenlassen wie alle anderen auch.«

»Ich lasse dich nicht fallen.«

Er lächelte.

»Du bist meine kugelsichere Weste.«

»Ja.«

Er strich mir über die Wange. Wir waren allein zwischen dunklen Gebäuden. Ein Augenblick der Intimität. Mir schien, alle anderen Menschen schliefen mit dem Gesicht zum Boden. Wir hielten sie in Schach. Ich war sicher, dass ich ihn liebte, und unsere Liebe machte ihnen Angst wie eine Todesdrohung.

Zu Hause wollte er, dass ich ihn brutal liebte.

Landung in Hongkong. Wir mussten das Flugzeug verlassen, damit geputzt werden konnte. Der Dicke folgte mir schwitzend in die Halle. Vom Schlafen hatte er noch verquollene Augen und einen trockenen Mund. Ich drehte mich um, klatschte in die Hände, wie um eine Fliege zu verscheuchen.

»Was denn?«

Überrascht blickte er mich an und stürzte zum Ausgang, dessen blinkendes Piktogramm ihn angelockt hatte wie eine Notluke. Ich hätte mir gewünscht, eine Frau hätte mich angesprochen. Dann hätte ich mich jemandem nahe gefühlt. Frauen sind einander nie so fremd. Sie gehören zum selben Stamm.

An der Theke einer Cafeteria bestellte ich einen dreifachen Espresso. Ich setzte mich zu einer jungen, nicht besonders hübschen Frau an den Tisch. Sie hatte langes blondes Haar wie ich. Sie drehte sich zur Wand. Ich traute mich nicht, sie anzusprechen. Mein Mann hatte Nachrichten auf meinem Handy hinterlassen. Er verstand nicht, warum ich so durcheinander war. Wieder fragte er mich, wieso ich nach Sydney flog.

»Du bist wirklich wie ein Kind.«

Um ihn zu beruhigen, hätte ich ihm sagen können, dass ich sehen wollte, wie Kängurus zur Stoßzeit im Stau über Autos sprangen.

Ich stand auf. Das Mädchen drehte sich nicht um, als ich ging. Ich wollte den Akku meines Handys nicht beanspruchen. Ich rief meinen Mann aus einer Telefonzelle an. Er fragte, wie viel das Ticket gekostet hätte.

»Das ist viel Geld.«

»Ich fliege Touristenklasse.«

»Du hättest nicht so weit reisen dürfen.«

»Ich hatte aber Lust dazu.«

»Aber warum Australien?«

Ich bat ihn, den Wagen zu waschen.

»Auch innen.«

»Gibt es ein Problem?«

»Wenn die Polizei nachfragt, dann sagst du, dass ich gestern Abend bis Mitternacht mit dir zu Hause war.«

»Die Polizei?«

Ich legte auf. Später würde ich böse auf ihn sein, weil er vergessen hatte, das Lenkrad abzuwischen.

Meine Hände hatten auf dem Lederbezug Schmauchspuren hinterlassen.

Erster Aufruf für den Flug nach Sydney. Ich wartete in der Menge. Wenn sie sich für eine Richtung entschied, blieb ich mit den wenigen Unentschlossenen zurück. Ich sah mir die Auslagen der Geschäfte an. Die immergleichen Keramikbuddhas und Plastikdrachen in den Schaufenstern. Hinten gab es Zeitungen auf Ständern, an der Wand hing ein Bildschirm. Ich kämpfte gegen die Zentrifugalkraft an, um nicht in den Strudel hineingezogen zu werden. Man rief meinen Namen.

»Letzter Aufruf für Sydney.«

Ich geriet in einen Strom, der zu den Gates floss, ein träger Fluss, zu dicht, um zu rennen. Hongkong wäre genauso gut wie Sydney. Ich würde mich hier verstecken und warten, bis die Polizei die Schuldigen festgenommen hätte. Auf dem Monitor sah ich, dass sich der Abflug um eine halbe Stunde verzögern würde. Ich gab den Kampf auf.

Die Stewardess begrüßte mich an Bord.

»Fast wären wir ohne Sie abgeflogen.«

Ich ging wieder zu meinem Platz. Man hatte die Magnum entsorgt. Das Flugzeug roch nach Deodorant. Der Dicke stand auf und ließ mich durch.

Einen Augenblick lang sah er mich mit dem Blick eines geprügelten Sklaven an. Nach dem Start schlief er ein.

Der Mord hätte nicht stattgefunden, wenn ich keine Skrupel gehabt hätte, ihn zu erpressen. Ein Foto im Internet hätte genügt. Bevor er noch die Site hätte sperren lassen, hätte er seinen Anwalt angerufen und ihm befohlen, die Kontosperre aufzuheben. Ich hätte lediglich mein Handy ausschalten und zwei Wochen abtauchen müssen. Dann hätten wir unsere Beziehung wiederaufgenommen. Er hätte einige Zeit gewartet, um sich zu rächen. Von einer früheren Geliebten hatte er einen Sohn gehabt; er lebte nur wenige Monate. Das rumänische Kindermädchen hatte ihn so heftig geschüttelt, dass er starb. Nach vollbrachter Tat war sie verschwunden.

Eines Tages sagte er, er wolle ein Kind von mir. Einen Erben, der seinen Namen tragen sollte. Er nahm mich nie ungeschützt. Vielleicht erregte ihn ja das Gummi des Präservativs. Dennoch schickte er mich regelmäßig zum Gynäkologen wie ein Auto zur Inspektion.

Meine Schwester riet mir, die Präservative durch

die Verpackung hindurch mit einer Nadel zu durchstechen. Würde er mich zu lange nicht vaginal nehmen, würde dennoch ausreichend Sperma in meinen Mund fließen; das könnte ich mit den Fingerspitzen aufnehmen und mich damit befruchten.

Er wäre mir nicht böse. Er mochte schwangere Frauen. Er bat mich, ihm beim Internetportal Meetic welche zu besorgen. Die meisten wollten nicht, und die Willigen waren teuer.

»Die kosten so viel wie ein Gewehr.«

Er streichelte ihren Bauch. Er leckte ihn wie ein Tier sein Junges. Wenn er gekommen war, massierte er ihn mit seinem Samen ein wie mit einer Creme. Zweimal änderten Frauen im Verlauf des Abends ihre Meinung. Sie warfen mir das Geld ins Gesicht und forderten die Quittung zurück, die sie hatten unterschreiben müssen.

Seine Forderungen waren schwer zu befriedigen. Mein Mann beklagte sich.

»Du machst den Job einer Sekretärin.«

»Er nennt mich seine Sex-Sekretärin.«

Mein Mann fand es nicht gut, dass er mir kein Gehalt bezahlte. Er hatte ihn sogar mehrmals angerufen und verlangt, dass er mich in irgendeinem Unternehmen seiner Holding als Sekretärin verbuchen sollte.

»Du kleiner Zuhälter!«, schimpfte er meinen Mann. Und knallte den Hörer auf.

Von Anfang an war ihre Beziehung konfliktbehaftet. Wenn mein Mann mich übers Wochenende auf sein Schloss begleitete, hatte ich des Öfteren Mühe, die beiden wieder miteinander zu versöhnen. Er hatte über meinen Mann Erkundigungen eingezogen wie auch über mich.

»Du bist ja nicht mal Arzt.«

Mein Mann fühlte sich gedemütigt, weil sein Diplom ihn nicht zum Tragen eines Arzttitels berechtigte.

»Du bist ein Scharlatan.«

Dann griff er ihn an, weil mein Mann seiner Exfrau Geld gestohlen hatte, um sich seine Praxis aufzubauen, nachdem er fünfundzwanzig Jahre mit ihr in Uganda zusammengelebt hatte.

»Eine alte Frau. Sie hätte deine Mutter sein können.«

Mein Mann hatte keine Wahl gehabt. Seine Eltern waren tot, sie hatte ihm sein Studium finanziert. Als er ihr sagte, dass er sie verlassen wollte, ließ sie sich von einem Marabut die Zukunft voraussagen.

Er deutete mit dem Finger auf mich: »Und sie, sie ist ja nicht mal deine Frau.«

Wir hatten im Suff in Las Vegas geheiratet. Eine

Urkunde ohne jeden Wert. Vor einigen Jahren wollte er die Sache offiziell machen. Ich wies ihn darauf hin, dass wir uns zuerst scheiden lassen müssten, bevor wir heiraten könnten.

»Du hast recht, das sollten wir umgehend regeln.«

Die Abendessen waren anstrengend. Er reiste nie ohne Entourage. Vorstände multinationaler Konzerne, Politiker, Schauspielerinnen und eine ganze Korona undurchsichtiger Leute, die er seine armen Typen nannte, auch wenn einige Frauen dazugehörten. Er provozierte meinen Mann gern in der Öffentlichkeit.

»Ich habe gehört, du hast einen Schwanz. Zeig ihn, damit wir was zu lachen haben.«

Oft machte er sich über dessen Penisgröße lustig. Er hatte ein Foto gesehen, das ich von meinem Mann gemacht hatte, als er aus dem eisigen Wasser eines Flusses kam, in dem wir an einem Sommertag nackt gebadet hatten. Das Bild war nicht sehr schmeichelhaft, und er hätte meinen Mann gern einmal bei unseren Spielchen dabeigehabt, um ihn zu demütigen. Er vertraute mir auch oft den Wunsch an, ihn zu penetrieren.

»Um ihn in seine Schranken zu weisen.«

An einem Nachmittag bekam er auf einem Spaziergang Rückenschmerzen und bat meinen Mann, ihn zu behandeln. Ich musste ihn lange bearbeiten, damit er es tat. Nach der Behandlung sah mein Mann, dass sein erigiertes Glied aus der Hose ragte, die er aufgeknöpft hatte, damit mein Mann an sein Steißbein kam. Mein Mann warf mir später vor, dass ich nicht geistesgegenwärtig genug war, mit dem Handy ein Foto zu schießen.

»Als Erinnerung.«

Ich machte noch viel kompromittierendere Bilder. Ich schraubte eine Nikon Automatik auf ein Stativ und dokumentierte unsere sexuellen Aktivitäten. Die Kamera störte ihn nicht. Er spielte mit der Angst, dass die Bilder eines Tages verbreitet werden könnten. Das Objektiv stimulierte ihn. Jedes Mal, wenn die Blende klickte, durchlief ihn ein Schauder, er bekam eine Gänsehaut, die ich an den Stellen spüren konnte, wo der Latexanzug die Haut nicht bedeckte.

Zu Hause wählte ich ein paar Fotos aus und druckte sie aus.

Drei Monate vor der Tragödie wurde er misstrauisch, weil er jede Nacht anonyme Todesdrohungen auf der Mailbox erhielt. Er hatte sogar seine engsten Mitarbeiter im Verdacht, ein Komplott gegen ihn zu schmieden. Eines Abends, als wir zu zweit in einem Restaurant in der Rue Montaigne aßen, forderte er alle Fotos von mir ein.

»Und du vernichtest die Negative.«

»Hast du Angst vor mir?«

»Ja.«

Am liebsten hätte ich ihm eine runtergehauen. Ich beherrschte mich, um ihm diese Freude zu versagen.

»Ich rede nicht mehr mit dir.«

Ich sprach kein Wort mehr mit ihm. Im Auto wollte er mich küssen. Ich stieß ihn mit der flachen Hand zurück. Ganz kleinlaut fuhr er nach Hause. Ich schlief auf dem Sofa. In der Nacht weckte er mich. Ich weigerte mich, ihn die Phantasie ausagieren zu lassen, die er gerade brauchte. Um meine Ruhe zu haben, half ich ihm mit müder Hand, zu kommen. Er schlief auf dem Boden ein wie ein großer Hund.

Bevor er am Morgen ging, weckte er mich.

»Liebst du mich?«

Schweigend sah ich ihn an. Ich wusste es nicht. Ich wollte nicht lügen. Er hatte Angst, ich könnte Nein sagen.

»Ich wünsche dir einen erfolgreichen Tag.«

»Ich liebe dich.«

Der Schreck stand ihm ins Gesicht geschrieben.

Zu dieser Zeit schaltete ich manchmal für die Nachrichten den Fernseher ein. Ich fürchtete die Meldung, er sei umgebracht worden. Das Bild einer Leiche im Businessanzug auf dem großen

Platz von La Défense. Ein Foto von ihm, das man schnell aus dem Archiv gezogen hatte, und eine Biografie, so kurz wie ein Nachruf.

Er kniete sich vor mich hin.

»Komm schon, sag es.«

Ich hatte Angst, mein Schweigen zu bereuen, sollte ihm etwas zustoßen.

»Ich liebe dich.«

Als er weg war, beschloss ich, die Fotos bei meinem Onkel und meiner Tante, von deren Existenz er nichts wusste, in Sicherheit zu bringen. Ich zog mich an und eilte zum Gare de Lyon. Ich fuhr erst nach Avallon, wo ich alle Abzüge unter dem Bett aufbewahrte.

Gegen fünfzehn Uhr fuhr ich wieder in Avallon ab, auf halbem Weg musste ich umsteigen. In der Nacht kam ich in der kleinen Stadt an. Die weihnachtlich erleuchteten Straßen waren menschenleer. Eine Bar war noch geöffnet, am Tresen stand ein Paar vor seinen Biergläsern.

Ich ging zu Fuß zu ihrem Haus. Sie ließen immer das Gartentörchen offen. Ich klopfte ans Wohnzimmerfenster. Sie kamen gemeinsam und öffneten mir die Tür. Im Alter machten sie keinen Schritt mehr allein.

»Du hättest uns Bescheid sagen sollen, wir hätten Forelle blau gemacht.«

Ich gab ihnen die Tasche mit den Fotos, die ich mit Klebeband versiegelt hatte.

»Legt das in euer Bankschließfach.«

»Wir haben kein Schließfach.«

»Ihr dürft niemandem etwas davon sagen. Wenn ich tot bin, verbrennt ihr alles im Kamin.«

»Bist du krank? Sollen wir den Arzt rufen?«

»Nein, es geht mir gut.«

Ich trank mit ihnen in der Küche ein Glas Wein. Sie sahen zu, wie ich am Tisch saß und trank. Das orangefarbene Wachstuch war seit meiner Kindheit ausgebleicht.

»Wir machen dir dein Bett.«

»Ich kann nicht bleiben.

»Es ist fast Mitternacht.«

Ich umarmte sie. Sie rochen beide nach dem Eau de Cologne, nach dem auch ich gerochen hatte, als ich bei ihnen gelebt hatte.

»Du bist so blass, du solltest dich ausruhen.«

Ich ging ins obere Stockwerk. Schaltete die Neonlampe an. Nahm das Eau de Cologne. Eine große, eckige Flasche, die immer auf der Konsole über dem Waschbecken stand. Ich hatte sie noch nie leer gesehen. Sie musste sich auf wundersame Weise immer wieder von selbst gefüllt haben, sobald man sich damit besprühte.

Sie warteten Seite an Seite unten an der Treppe auf mich.

»Kann ich sie haben?«

»Wir geben dir eine neue.«

»Ich nehme lieber diese.«

»Wir haben noch eine auf Vorrat im Wäscheschrank.«

Ich küsste sie. »Ich muss wirklich gehen.«

»Und wohin willst du mitten in der Nacht?«

»Er wartet auf dem Platz in seinem Bentley auf mich.«

»Sag ihm, er soll bei uns eine Tasse Kaffee trinken, bevor ihr losfahrt.«

Eine schüchterne Einladung. Sie hatten diesen Mann noch nie gesehen, sein Bild hatte ich ihnen einmal auf dem Cover einer amerikanischen Zeitschrift gezeigt. Sie rechneten nicht wirklich damit, dass er eines Tages aus ihren Steinguttassen trinken würde.

»Keine Sorge. Wir werden ein Schließfach mieten.«

»Ich komme euch bald wieder besuchen.«

»Bis bald.«

Das einzige Hotel war geschlossen. Ich klingelte, klopfte an die Tür. Der Nachtportier hatte entweder frei, oder es gab keinen. Ich ging zum Bahnhof. Man hatte die Nachtbeleuchtung eingeschaltet. Ich schlief auf einer Bank neben dem Sandwichautomaten.

Um sechs Uhr früh weckte mich ein Bahnbeamter.

»Ich fürchtete schon, Sie wären erfroren.«

»Ich bin ganz starr vor Kälte.«

Mit einer Bronchitis kehrte ich nach Avallon zurück. Ich schlief drei Tage lang. Das Handy hatte ich ausgeschaltet. Im Traum ging ich barfuß durch einen Fluss aus SMS, die quakten wie Frösche.

Benommen von dem langen Flug, schliefen die Passagiere trotz der Sonne, die durch die Fenster schien. Ich bemühte mich, wach zu bleiben. Ich kämpfte gegen die Wirkung des Champagners an, den ich in kleinen Flaschen bei der Stewardess bestellte. Ich wollte nicht eindösen und bei der Landung panisch wieder aufwachen. Ich hatte vor, mich endgültig in Sydney niederzulassen. Ich würde einen barmherzigen Glauben praktizieren, damit ich mich weniger schuldig fühlte, gelebt zu haben. Ich war auf der schlechten Halbkugel geboren worden. Vielleicht warteten in Australien Ruhe und Frieden auf mich.

Die Familie wird erleichtert sein, wenn ich die Million nehme und damit alle Ansprüche abgegolten sind. Im Gegenzug werde ich ein Schreiben aufsetzen und erklären, dass ich davon absehe, sein Testament anzufechten. Ich hätte eine Nachricht verbreiten können, die auf dem Anrufbeantworter meines Festnetzanschlusses gespeichert war. Er hatte bei seinen Kindern und dem Kind, das wir bald zusammen haben würden, geschworen, mich zu heiraten. Kraft dieses Beweismittels wäre es gar nicht so abwegig gewesen, meine Rechte auf seinen Nachlass geltend zu machen.

Vielleicht war ich am Tag des Mordes schwanger geworden. Als er begriffen hatte, warum ich ihm diese Sitzung zugestand, hatte er ejakuliert. Ein schneller Spritzer auf seine Flanellhose. Ich hatte die Finger ausgestreckt und meinen Schoss damit berührt, damit sein Samen nicht vergeudet wäre.

Gleich nach der Ankunft würde ich ins Hotel gehen. Ich war bereit, nur im Bett zu liegen, damit der möglicherweise existierende Fötus alle Chancen hätte, seine ersten Wochen unversehrt zu überstehen. Ich hatte gelesen, dass vor dem fünfundzwanzigsten Tag bereits die geringste Erschütterung für den Embryo fatal sein kann.

Sobald das Kind geboren ist, wird man seine Leiche exhumieren. Die DNS wird das Kind als seinen rechtmäßigen Erben ausweisen. Die Familie wird gezwungen sein, mir eine Rente zu bezahlen, um die Erziehung und Ausbildung des Kindes zu finanzieren.

Manchmal musste ich seinem Vater eine Windel anziehen. Wenn ich unser Kind wickeln werde, werde ich unweigerlich an ihn denken. Ich werde traurig sein, dass er das Kind nicht kennengelernt hat. Doch seine Abwesenheit wird dem Kind die Konflikte ersparen, die sein Erzeuger zeit seines Lebens hatte.

»Wir haben keine alkoholischen Getränke mehr.«
Die Stewardess dachte, ich sei betrunken. Ich ließ die Sache auf sich beruhen. Außerdem fühlte ich mich nicht gut. Jedes Mal, wenn ich die Augen schloss, fiel ich in den Abgrund.

Er warf mir manchmal vor, zu viel zu trinken. Auf seinem Schloss machten wir einmal eine Woche Urlaub, zusammen mit seinen Kindern. Er hatte einen Freund eingeladen, dessen Gattin ich spielen musste. Ich beneidete seine Exfrau, mit ihr zeigte er sich noch Jahre nach der Scheidung öffentlich bei Wohltätigkeitsveranstaltungen, die sie für die Leukämieforschung organisierte; an dieser Krankheit ist seine Nichte mit sechzehn Jahren gestorben. Ich hatte den Verdacht, dass sie noch immer miteinander schliefen, wenn sie Weihnachten zusammen bei ihr in Brighton verbrachten. Ich ließ mich mit Burgunder volllaufen, um zu vergessen, dass er mir nicht einmal den Status der Lieblingsfrau zugestand, von dem die Hofdamen im Versailles Ludwigs XV. geträumt hatten.

Er wollte seinen Kindern unsere Beziehung zwar damals verschweigen, war aber so stolz auf seine

Sprösslinge, dass er sie mir unbedingt vorführen wollte.

Er sagte, sie sähen ihm ähnlich.

»Findest du nicht?«

»Unser Kind wird dir noch viel ähnlicher sehen.«

»Das wird sich noch herausstellen.«

»Es wird dein Liebling sein.«

»Halt den Mund.«

»Es wird ein schönes Kind sein, du wirst von den anderen nichts mehr wissen wollen.«

»Hör auf zu schreien.«

Ich schlug ihn mit der Faust auf den Brustkorb. Ich biss ihn in die Hand, mit der er mir den Mund zuhielt, um mich zum Schweigen zu bringen.

»Es wird dein Meisterwerk sein.«

Ich wankte, ich ließ mich auf den Parkettboden der Bibliothek fallen, wo wir uns heimlich getroffen hatten. Er brachte mich in mein Zimmer und versuchte dabei, ganz leise zu sein. Er legte mich aufs Bett. Er schlug mich, damit ich wieder zu mir kam.

Eines Abends zeigte ich trotz der Schläge keinerlei Reaktion mehr. Er horchte mein Herz ab, konnte es aber nicht schlagen hören. Der Arzt kam, er diagnostizierte eine akute Alkoholvergiftung. Am nächsten Tag hatte ich blaue Flecke auf den Wangen. Er ließ mich im Krankenwagen zu meinem Mann bringen, damit niemand es sah.

Im September 2004 wurde sein Sohn achtzehn Jahre alt. Er rief ihn für die Herbstferien zu sich nach Paris, wo ich gelegentlich wochenlang mit ihm zusammenlebte, während mein Mann so tat, als glaubte er mich in Avallon.

»Ich will, dass du dich ein wenig im Geschäft umsiehst.«

Sein Sohn musste mit ihm ins Büro gehen, an Sitzungen teilnehmen, ihn auf Reisen begleiten. Er hatte die Anweisung erhalten, zuzusehen, zuzuhören und den Mund zu halten.

»Du wirst unsichtbar sein.«

Seine Mitarbeiter durften seinem Sohn nicht einmal Guten Tag sagen. Seine Sekretärin instruierte die Besucher, den jungen Mann, der auf einem Stuhl saß wie ein vergessener Besen, gar nicht zu beachten. Er prahlte damit, einen Mann aus der Buchhaltung abgemahnt zu haben, weil dieser sich bei seinem Sohn entschuldigte, nachdem er ihn beim Verlassen des Aufzugs angerempelt hatte.

Der Junge kam traumatisiert nach Hause, weil er eine ganze Woche lang die Rolle eines Geistes spielen musste. Am frühen Abend waren wir oft allein. Sein Vater verließ das Büro selten vor neun Uhr. Ich machte eine Flasche Champagner auf, damit er sein Unglück vergaß.

»Ich trinke lieber Apfelsaft.«

»Trink wenigstens ein Glas.«

»Also gut – halb, halb.«

Die Mischung schmeckte ihm. Ich brachte ihn zum Lachen, indem ich ihn kitzelte. Mir zum Spaß ahmte er seinen Vater nach und dessen Art, das S zu zischen wie eine Schlange. Ich hätte nie gedacht, dass so eine Komplizenschaft möglich wäre mit einem Kind, das ich lange Zeit als Rivalen dessen betrachtet hatte, das eines Tages aus unserer Verbindung hervorgehen würde. Ich sah ihn nun als den Stiefsohn, der er nach unserer Hochzeit sein würde.

Ich erinnere ihn als einen zerbrechlichen Jungen. Wenn er zu viel getrunken hatte, streckte er sich auf dem Sofa aus und legte seinen Kopf auf meinen Schoß. Ich streichelte ihn, er schloss die Augen und lächelte im Schlaf. Eines Abends schliefen wir beide ein.

Sein Vater fand uns. Kalte Wut, eisige Wut. Ohne ein Wort zog er seine Waffe aus dem Holster. Er zielte auf mich. Die Kugel drang durch die Sofapolster. Sie zerfetzte einen Lampenständer, bevor sie eine Scheibe bersten ließ und sich irgendwo über der Avenue Raymond Poincaré verlor. Am nächsten Morgen um sieben kam ein Chauffeur und holte seinen Sohn ab. Er brachte ihn zum Flughafen Le Bourget, wo der Jet auf ihn wartete, um ihn zu seiner Mutter zurückzubringen.

Ich trug ihm diesen Schuss nie nach. Anstatt mich rauszuschmeißen, schleppte er mich gleich darauf ins Schlafzimmer. So friedlich hatten wir uns noch nie geliebt. Man hörte kaum seinen Sohn, der in der hintersten Ecke der Wohnung weinte.

Vielleicht war das Weinen nur eingebildet. Er schlief in einem kleinen Bett, das der Vater ganz hinten im Heimkino aufgestellt hatte, wo wir uns ab und zu Historienfilme oder Western ansahen. Es war ein schalldichter Raum, und ihm war es lieber, er wusste seinen Sohn fernab von unseren lauten Spielchen.

Schließlich konnte ich ihn davon überzeugen, dass die Situation, in der er uns vorgefunden hatte, einfach nur zärtlich und unschuldig gewesen war. Er muss eine Falte in der Hose seines Sohnes mit einer Erektion verwechselt haben, die er ihm unterstellt hatte.

»Du hast es doch selbst nicht geglaubt.«

Er hätte mich getötet. Das Ziel war zu nah gewesen, um es zu verfehlen. Der Schuss war eine Anwandlung von schlechter Laune gewesen, so wie man einem Kind einen Klaps auf die Hand gibt, weil es einen mit seinen Mätzchen wütend gemacht hat.

Ich sah seinen Sohn erst bei der Verhandlung wieder. Er hatte auf keinen meiner Briefe geantwortet, die ich ihm aus der Untersuchungshaft schickte. Ich hätte mir gewünscht, er hätte dem Gericht erzählt, was er am 22. Dezember 2004 gesehen hat. An jenem Abend hatte er noch leichenblass mit mir darüber geredet.

»Ich hätte mir das nicht ansehen dürfen.«

Sein Vater hatte ihn in seinem Büro allein gelassen, während er eine Viertelstunde lang seine Sekretärin fertiggemacht hatte, um seinen morgendlichen Stress abzubauen. Der Sohn hatte der Versuchung nicht widerstanden und den Mail-Account durchgesehen. Er hatte ein paar geschäftliche Nachrichten gelesen. Dann war er auf eine Mail ohne Betreff gestoßen, die in der Nacht angekommen war. Seine Adresse war gekapert worden, denn sie war gleichzeitig die des Absenders. Es war eine Serie von drei Fotos.

Auf dem ersten Bild sah man ihn nackt an eine Eisenbank gefesselt, auf dem zweiten schrie er, sein Penis brannte, auf dem dritten lag sein Körper tranchiert auf einem Küchentisch. Aufgedunsener schwarzer Kopf, geschlossene Lider, zahnloser Mund, abgeschnittene Lippen. Die Extremitäten und sein Oberkörper in drei Teilen waren sternförmig darum herumgruppiert.

Ich gab dem Jungen ein Glas Champagner, in

dem ich verschiedene Beruhigungsmittel aufgelöst hatte, und schickte ihn ins Bett. Er schlief vierundzwanzig Stunden lang.

Anstatt nach Hause zu kommen, rief er mich um zehn Uhr abends an und verabredete sich mit mir in einer Bar an der Avenue de la République. In einem Viertel, in dem er meines Wissens normalerweise nicht verkehrte. Er war ganz aufgekratzt.

»Ich habe beschlossen, dass wir im Hotel schlafen.«

»In welchem Hotel?«

»In einem Stundenhotel im Barbès-Viertel. Du holst eine Nutte, die uns hilft. Oder einen Typen. Einen Schwarzen, zwei Schwarze, drei Schwarze.«

Er fing an zu lachen. Er schrie vor Lachen. Die Leute drehten sich nach uns um.

»Du hättest mir früher Bescheid sagen sollen. Ich hätte sie am Nachmittag angesprochen und zu dir bestellt.«

»So ist es diskreter.«

»Zu Hause wären wir aber trotzdem besser aufgehoben.«

Auch wenn sein Sohn nicht in Paris war, ließ ich die Stricher immer durch den Lieferanteneingang kommen. Er brauchte immer öfter Männer, die ihm virile Leistungen erbrachten.

2003 hatte ihm ein Journalist gedroht, diese seine Neigung in einem Gesellschaftsmagazin zu erwähnen. Er fürchtete, nach dieser Enthüllung als homosexuell zu gelten, dabei hatte er doch laut eigenen Angaben immer nur Frauen geliebt. Der Artikel erschien nicht, er stellte den Mann als PR-Berater ein. Eine fiktive Stelle mit regelmäßigem Gehalt, das in dem Typ Dankbarkeit aufkommen ließ und ihn zu dem Vorschlag veranlasste, Gerüchte über Leute zu verbreiten, deren Entwürdigung ihm nützlich sein könnte.

Den Bentley hatte er beim Bürohaus stehen lassen.

»Wir gehen inkognito dorthin.«

Er hatte den Roller dabei. Eine alte Maschine mit verrostetem Chrom, bei der er nie die Diebstahlsicherung aktivierte. Er parkte in der Rue Myrha vor einem Hotel mit dreckigen Fensterscheiben. Ein enger Eingang, ein Tresen unter einer nackten Glühbirne, dahinter eine verschleierte Frau. Er machte ihr ein Handzeichen, sie gab ihm wortlos einen Schlüssel. In der Dunkelheit stiegen wir eine Treppe hinauf, man sah kaum, wohin man trat. Ein Strahler, der nur noch am Kabel hing, warf gelbliches Licht in den Korridor. Er schloss das Zimmer Nummer acht auf.

»Wir tun so, als machten wir Camping.«

»Sieht aus wie ein Illegalenloch.«

Die Decke war niedrig, der Verputz blätterte ab. Ein kleines Fenster mit zwei gesprungenen Scheiben. Ein quietschendes Holzbett, die Matratze so dünn wie ein Sitzpolster. Ein Waschbecken hinter einem Paravent.

»Ist das das Bad?«

»Die Toilette ist im zweiten Stock.«

Er wirkte zufrieden mit sich. Gleichzeitig sah ich, wie er seine Finger immer wieder nervös verknotete.

»Wenn du morgen nach Hause kommst, duschst du dich.«

»Gibt es hier Ungeziefer?«

Er zeigte mir in einer Ecke eine Blechkiste mit Löchern, die Kakerlaken anlocken sollte.

»Mäuse habe ich nie gesehen.«

Ich setzte mich aufs Bett. Sah ihm in die Augen. Ich versuchte herauszufinden, ob er übergeschnappt war.

»Warum sind wir hier?«

»Ich wollte die Nacht an einem exotischen Ort verbringen.«

Mir wurde klar, dass er nie die Absicht gehabt hatte, hier mit irgendwelchen Leuten Sex zu haben.

Er zog sich aus. Machte den Schrank auf und hängte seinen Anzug hinein. Im Fach sah ich einen Stapel Oberhemden und Männerunterwäsche.

»Gehört das dir?«

Er antwortete nicht.

Er legte sich aufs Bett. Kuschelte sich an mich wie ein Kind. Er drehte mir den Rücken zu. Ich hörte ihn leise weinen. Er umklammerte mich. Ich musste an ein Bild denken, das ich bei ihm in einem Kunstband gesehen hatte: ein Ertrinkender, der sich an einen Felsen klammert; man fragte sich, was er dort zu suchen hatte, mitten in den Wellen.

»Ich habe Angst vor Wölfen.«

Ein kindlicher Satz. Ich hatte ihn das schon mehrmals im Schlaf sagen hören. Er hatte viel mehr Wölfe als Löwen getötet. Zur Brunftzeit nahmen russische Staatsmänner ihn mit in die Steppe zur Wolfsjagd. Ich begleitete ihn einmal. Nach den Massakern lagen reihenweise Balge auf dem roten Schnee. Ich fuhr nach Moskau zurück und wartete dort auf ihn.

»Du hast schon so viele Wölfe gejagt. Du wirst alle erlegen.«

Nun schluchzte er. Ich wusste, dass er irgendwann einschlafen würde wie ein Baby, müde vom Weinen.

Er schnarchte leise. Kaum versuchte ich mich aus seiner Umarmung zu befreien, drückte er mich nur noch fester. Ich konnte nicht einschlafen. Brauchte eine Tablette. Ich streckte die Hand nach meiner Handtasche auf dem Boden aus. Ich berührte den

Riemen mit der Nagelspitze, konnte die Tasche aber nicht zu mir ziehen.

Von Zeit zu Zeit hörte ich die Wasserspülung, gedämpfte Schritte im Treppenhaus, als würde jemand mit den Schuhen in der Hand die Treppe heraufkommen. Das Zimmer lag an einem ruhigen Innenhof. Ich hätte lieber Straßenlärm gehört.

Um fünf Uhr wachte er auf.

»Ich komme gleich wieder.«

In Unterhosen verließ er das Zimmer. Ich hörte, wie er die Treppe hinaufging. Als er wiederkam, wusch er sich am Waschbecken.

»Musst du nicht auf die Toilette?«

»Nein.«

»Hast du Angst?«

»Ein wenig.«

Er ging mit mir hinauf. Wartete brav vor der Tür.

Anschließend tranken wir in der großen Bar an der Ecke des Boulevard Barbès Kaffee und aßen etwas. Er war ausgeglichen und fröhlich. Sprach über das Wochenende, das wir bald in Venedig im Hotel Danieli verbringen würden.

»Ich werde zur Abwechslung mal eine Suite mit Blick auf die Lagune buchen.«

Es war die einzige Nacht in unserer Geschichte, die wir ohne Sex zusammen verbrachten.

Ich verlangte keine Erklärung. Er gab mir auch keine. Ich weiß heute noch nicht, warum er dieses Zimmer mietete. Er lebte in ständiger Angst. Für ihn war es offensichtlich ein Versteck in Paris, in das er sich zurückziehen konnte. Die Polizei weigerte sich, das Hotel zu durchsuchen. Sie tat so, als gäbe es dieses Haus gar nicht.

Hätte sein Sohn vor Gericht diese drei Fotos erwähnt, dann hätten die Geschworenen begriffen, dass gewisse Leute nur auf einen günstigen Moment warteten, um ihn zu foltern. Meine Tat hat ihnen einen Strich durch die Rechnung gemacht. Ich habe ihn vor diesem Martyrium bewahrt.

Doch es war am einfachsten, mir allein die ganze Schuld an dem Mord zu geben, den ich angeblich begangen hatte. Vielleicht hatte ich ihn während der Liebe töten wollen, um es ihm zu ersparen, aus Hass in einem dunklen Keller, auf einer Brache oder einer Müllhalde umgebracht zu werden, wo man ihn, von Ratten angefressen, gefunden hätte.

Landung in Sydney. Die Passagiere warfen ihre Decken ab wie Wiederauferstandene das Leichentuch. Es ging zu wie beim Jüngsten Gericht. Ich war ganz benommen, konnte mich in diesem Chaos nicht behaupten. Ich kauerte mich auf meinen Sitz, die Beine hochgezogen bis zum Hals. Der Dicke war schon aufgesprungen und bahnte sich mit seinem Köfferchen einen Weg durch die Menge.

Gegen Ende des Flugs hatte ich ein bisschen geschlafen. Ich fing an, die Sache etwas klarer zu sehen. Es gab Verbrechen ohne Schuldige. Er war zum Tode verurteilt. Ich habe geschossen, so wie die Gattin ihrem Mann im Endstadium Morphium in die Infusion träufelt, um ihm die letzten Leidensmomente zu ersparen. Nun wusste ich, dass ich ein Verbrechen aus Liebe begangen hatte. Man konnte mir lediglich vorwerfen, ihn zu sehr geliebt zu haben.

Als ich das Flugzeug verließ, lächelte mir der Pilot zu. Am Zoll stand ich in der Schlange. Man brachte mich in ein Büro. Fragte nach dem Grund meiner Reise.

»Tourismus oder Geschäfte?«

»Geschäfte.«

»Welchen Beruf üben Sie aus?«

»Ich bin Künstlerin. Ich will mich hier nach einer Galerie umsehen.«

Sie durchsuchten meine Handtasche. Lächelten, als die Gegenstände herausfielen, mit dem ich ihm Lust bereitet hatte. Ich hatte sie immer bei mir, aus Angst, die Putzfrau könnte sie finden. Eine Zollbeamtin filzte mich in einer Kabine. Sie fand nichts. Man ließ mich durch.

»Gute Zeit in Australien.«

»Thank you for your time.«

Ich war zufrieden mit meinem Englisch. Ich hatte den ganzen Winter über Unterricht bei einer amerikanischen Studentin genommen. Ich wollte ihm auf Reisen keine Schande machen und nicht durch grobe Fehler meine mangelhafte Bildung verraten.

Der Flughafen war so groß, dass die Gruppen der Reisenden sich darin verloren. Ich konnte umherschlendern, die Schaufenster der Boutiquen betrachten, ohne dass mich jemand angerempelt hätte. Ich kaufte einen Concealer gegen Augenringe von einer Firma, die in Europa unbekannt ist.

Ich sagte mir, im Vergleich zu München wäre es noch immer gestern. Geschenkte Stunden, die ich unbeschwert vergeuden konnte. In Wirklichkeit war es auf der ganzen Erde schon morgen. Das wurde mir klar, als die Polizei meine Reiseroute rekonstruierte.

An einem Kiosk kaufte ich eine Schachtel Marlboro. Am Ständer hing die New York Times. Sein Foto auf der Titelseite. Die Schlagzeile lief über ein Viertel der Seite: *Murdered in Latex Suit*.

Mir wurde schwindlig. Ich ging in die Hocke, um nicht so tief zu fallen. Ich verlor das Bewusstsein. Ich spürte, wie man mich hochhob. Die Absätze meiner Stiefel schleiften über den Teppichboden. Im Lagerraum schlug ich die Augen wieder auf. Zeitungsstapel auf dem Boden, Regale voller Zigarettenstangen.

»Geht es Ihnen besser?«

»Fassen Sie mich nicht an.«

Der große Mann mit der Kappe wich zurück. Er hatte mich nicht angefasst, aber ich hatte Angst, er könnte sich auf mich setzen und mich festhalten. Jetzt war mir bewusst, dass der Mord tatsächlich stattgefunden hatte. Von nun an würden die Medien in aller Welt unablässig darüber berichten. Ich musste mich mit dem Mord als einer Tatsache abfinden.

Ich stützte mich auf die Handflächen und rappelte mich auf. Mir drehte sich ein wenig der Kopf. Der Mann traute sich nicht, näher zu kommen. Ich ging mit ausgestreckten Armen durch den Laden, um nicht irgendwo anzustoßen, an Dingen vorbei, die mir vor den Augen flimmerten wie Wüstensand in der glühenden Mittagssonne. Ich kaufte die New York Times und ein paar australische Zeitungen, an deren Namen ich mich nicht mehr erinnere. Der Flughafen erschien mir leer, leer wie ein abgelassener, leer gefischter Karpfenteich. Ich sah nur Wände und verlassene Verkaufstheken.

Ich flüchtete mich auf die Toilette. Ich zerriss die Fotos, die Artikel und spülte sie ins Klo. Mir war zum Heulen zumute.

Niemand sah mich. Ich hätte meine Tränen aufbewahren müssen, um seiner Familie mein Leid zu beweisen. Ich kannte seine Schwester, und mit ihrer Hilfe könnte ich sicherlich seine Kinder treffen. Auch wenn es lächerlich wäre, würde ich sie einzeln in den Arm nehmen und ihnen zeigen, dass ich mit ihnen um ihren Vater weinte. Ich trug es diesen Kindern nicht mehr nach, dass sie in seinem Herzen all die Liebe beanspruchten, die er unserem Kind hätte schenken können, wenn er nicht so lange gebraucht hätte, mir eines zu machen.

Ich muss wohl lange auf der Toilette geblieben sein. Die Putzfrau klopfte an die Kabinentür. Ich fragte, was sie wollte. Erleichtert seufzte sie auf, als sie hörte, dass ich noch am Leben war. Ein paar Mädchen kamen und fragten, ob sie irgendwo duschen könnten. Eine alte Frau beschwerte sich, weil es keinen Automaten mit Einwegzahnbürsten gab. Ich hörte auch das Geräusch von Rollkoffern und Schritte von Leuten, die durch die Halle gingen.

Ich verließ meine Zuflucht. Die Realität hatte mich wieder. Ich hatte mich beruhigt. Ich empfand Sympathie für all diese Menschen, die wieder aufgetaucht waren. Ich ging noch einmal zum Kiosk, um mich zu vergewissern, dass die Zeitungen die Schlagzeile nicht geändert hatten. Ich kaufte eine Postkarte und eine Briefmarke, setzte mich auf eine Terrasse vor der Rollbahn. Als ich durch die Bar ging, sah ich sein Foto auf einem Bildschirm. Der Ton war ausgeschaltet. Im Vordergrund sprachen zwei Reporter mit diesem traurigen Lächeln, mit dem sie auch ein Erdbeben in Südamerika melden.

Die Flugzeuge blinkten in der Nacht. Ich bestellte Kuchen und ein Glas Weißwein. Ich rief meinen Mann an. Er überbrachte mir die Nachricht von dem Mord. Ich brach in Tränen aus. Er fürchtete, die Polizei könnte sich über meine Abwesenheit wundern. Er bat mich zurückzukommen.

»Nein, ich denke, hier bin ich gut aufgehoben.«

Ich steckte das Handy in die Tasche, um seine Stimme nicht mehr hören zu müssen. Ich schrieb meiner Schwester, dass ich nach Sydney ziehen würde. Sobald ich ein Atelier gefunden hätte, würde ich ihr ein Flugticket schicken, damit sie mich besuchen könne. Es gebe hier bestimmt vieles zu entdecken. Ich hätte gehört, dass auf diesem Kontinent alle Häuser einen Pool und einen Tennisplatz hätten.

Ich machte mich auf die Suche nach einem Briefkasten.

Das Taxi fuhr am See entlang.
Ich hatte die Karte abgeschickt. Und meinen
Mann noch einmal angerufen. Er hatte schon einen
Rückflug für mich gebucht. Ich hatte das Ticket am
Air-France-Schalter abgeholt. Zwei Stunden später
war ich an Bord gegangen. Wir waren in Moskau
zwischengelandet. Ich war einem Mädchen begeg-
net, an das ich mich erinnerte. Im Schülerinnen-
röckchen war sie hübscher gewesen als in dieser
roten Lederhose, in der sie nun steckte.

»Hello.«

Sie sah so fröhlich aus. Ich grüßte nicht zurück.

Ich hatte während des Fluges nicht geschlafen.
Die Angst hatte sich als stärker erwiesen als Medi-
kamente und Alkohol.

Ich betrachtete den Jet d'eau, den Springbrunnen
im Genfer See, den hellblauen Himmel, die Stege
am Ufer, wo Familien zu Mittag aßen. Wie immer
sonntags war der Rest der Stadt tot. Ich wollte
nicht direkt nach Hause. Mein Mann wartete auf

einer Parkbank unterhalb des ehemaligen Wehrgangs auf mich.

Ich ließ die Scheibe herunter. Er blickte nicht in meine Richtung. Ich bat den Fahrer zu hupen. Mein Mann lief herbei, während er seine Brille anhauchte, um sie zu putzen. Er versuchte, mich durchs Autofenster zu küssen.

»Bezahl schnell.«

Er zog einen Schein aus der Brieftasche. Schon nervte er mich wieder. Er wartete darauf, dass der Fahrer ihm das Wechselgeld gab.

»Behalten Sie den Rest.«

Er machte eine Handbewegung, als wollte er das Geld im Flug auffangen. Ich zog ihn am Arm weg, bevor der Mann die Münzen einzeln aus der alten Bonbonschachtel kramen konnte, die ihm als Kasse diente.

Wir spazierten durch den Park. Es gab nur einen Baum, an dem wir bei jeder Runde vorbeikamen.

»Die Polizei hat heute Morgen angerufen. Sie wollen dich sprechen.«

»Ich weiß, wer ihn umgebracht hat.«

Auch er ahnte es. Die Presse schlachtete die Drohungen aus, die gegen ihn ausgesprochen worden waren. Meine Schuld würde bei den Ermittlungen nicht bewiesen werden können. Die Wahrheit war eine Gleichung mit vielen Unbekannten, und diese Tat sah zu sehr nach einer Exekution aus, als dass eine Frau sie begangen haben konnte.

»Da du ihm nahestandest, müssen sie dich befragen.«

»Gehen wir nach Hause.«

Er hatte auf dem Gehweg geparkt. Ein Junge mit Inlinern warf ihm vor, asozial zu sein. Ich war zu sehr in Sorge, um mich einzumischen.

Er redete die ganze Fahrt über. Ich brauchte Stille.

»Ich höre nicht zu. Willst du so gut sein und den Mund halten?«

»Entschuldige.«

»Ich brauche ein Glas Champagner, eine Schlaftablette und mein Bett.«

»Wir haben keinen Champagner mehr.«

»Dann versuch, irgendwo eine Flasche aufzutreiben.«

Er machte einen Umweg über die Autobahn. Kaufte in einem Tankstellenshop eine Flasche. Während ich auf ihn wartete, überlegte ich, ob es nicht das Beste wäre, schon bei der ersten Befragung alles zu gestehen. Die Polizei wäre erfreut, wenn ich mit ihnen kooperierte und sogar eine so unwahrscheinliche Tat gestand. Ich würde als Märchentante durchgehen, und sie würden mir ein für alle Mal meine Ruhe lassen.

Ich legte mich gleich hin. Die Schlaftabletten wirkten nicht. Ich trank die halbe Flasche, ein Glas nach dem anderen, dann trank ich den Rest direkt aus der Flasche. Um vier Uhr morgens wachte ich auf. Mein Magen brannte, ich versuchte, den Brand mit einem Liter Milch zu löschen.

Mein Mann schlief laut schnarchend im Gästezimmer. Ich ging in den Garten. Es schneite, die Flocken schmolzen auf dem Gras. Ich ging in den Schuppen, in dem ich mir ein Atelier eingerichtet hatte. Seit Anfang des Jahres wagte ich mich an Großformate. Im Esszimmer hatte ich ein Bild aufgehängt. Unsere Gäste gaben immer sehr höfliche Kommentare dazu ab, wenn mein Mann sie auf das Bild hinwies.

Ich zündete den Holzofen an. Sah durch das verrußte Fensterchen in die Flammen. Vielleicht verbrannten mit der Zeit Erinnerungen genauso gut wie Leichen auf dem Scheiterhaufen. Zu Asche, so leicht wie Zigarettenasche. Wenn ich meine Tat dann vergessen habe, werde ich nur noch die schönen Momente unserer Beziehung im Gedächtnis behalten. Es wäre dann so, als wäre er auf Reisen. Ich könnte sogar auf seine Rückkehr hoffen.

Ich hatte mich schuldig gemacht, auf eine große rosa Puppe geschossen zu haben, so wie er seinen Revolver auf Putins Bild abgefeuert hatte. Wäre Putin tatsächlich einem Attentat zum Opfer gefallen, hätte man ihn ja auch nicht beschuldigt, ihn getötet zu haben.

Ich setzte mich vor das Bild, das ich in der Woche zuvor begonnen hatte. Blaue Striche, in der Mitte klebte ein Stück grüne Seide. Ich versuchte, ihn mit dem Finger zu zeichnen, den ich in schwarze Farbe tauchte. Ich schuf eine düstere Gestalt, die aussah wie ein Wildschweinkopf, mit einer Nase wie ein Rüssel.

Um den Durchbruch zu schaffen, hatte er mir geraten, erotische Bilder zu malen.

»Und zur Vernissage kommst du im Hüfthalter.«

»Dann hält man mich für eine Hure.«

Er überwachte mich ständig. Manchmal merkte ich, dass meine Post geöffnet worden war oder dass mich auf der Straße irgendjemand heimlich fotografierte. Aber seit dem Ende des Jahres vor dem Mord wurde ich Tag und Nacht verfolgt. Ich hatte ihn sogar in Verdacht, dass er mit Genehmigung des Ministers, mit dem wir im Jahr zuvor zu Abend gegessen hatten, mein Telefon abhören ließ.

An einem Februarmorgen wurde ich Opfer eines Mordversuchs. Ich war auf dem Weg nach Paris. Ein BMW Coupé überholte mich und fuhr vor mir hin und her. Die Beifahrertür ging langsam auf, ein bewaffneter Mann beugte sich heraus. Er schoss von oben nach unten eine Salve ab. Die Kugeln pfiffen in den Himmel, streiften die Räder, das Wagendach, prallten auf dem Asphalt ab. Ich flüchtete mich auf den Standstreifen und konnte im Rückwärtsgang entkommen.

Der Untersuchungsrichter fand meine Geschichte unglaubwürdig. Er verbot dem Gerichtsschreiber, Protokoll darüber zu führen.

»Ich glaube, Mademoiselle ist müde.«

Er rief die Polizisten, damit sie mich wieder ins Gefängnis zurückbrachten.

Als er mein Konto sperren ließ, brach ich die Verbindung zu ihm ab. Wie bei einem Paar in Scheidung, das sich um das Sorgerecht für die Kinder streitet, wollte ich nur über meinen Anwalt mit ihm kommunizieren.

»Welche Kinder?«

»Das Kind, das du mir noch nicht gemacht hast.«

»Du bist vollkommen übergeschnappt.«

»Du wirst von meinem Anwalt hören.«

»Wer ist es?«

Aus Scham, den obskuren Winkeladvokaten meines Mannes zu erwähnen, mit dem ich mich aus finanziellen Gründen begnügen musste, nannte ich ihm den Namen eines Staranwalts, den ich am Abend zuvor im Fernsehen gesehen hatte. Später rief er noch einmal an und sagte mir, dass er gerade mit diesem Mann telefoniert habe.

»Er hat noch nie von dir gehört.«

»Warum hast du ihn angerufen? Du hättest mir vertrauen sollen.«

Er lachte am anderen Ende der Leitung.

»Willst du mich verarschen?«

Ich legte auf.

Zwei Tage vor dem Mord heulte er abends auf meinen Anrufbeantworter. Das Weinen eines großen Kindes in Not, wie immer dann, wenn er nachts in meinen Armen schluchzte und sagte, er habe Angst vor Wölfen. Ich fragte mich, ob ich auf der Autobahn nicht von Killern angegriffen worden war, die auch ihn bald abknallen würden.

Um halb zehn Uhr abends kam er zu uns. Er stellte seinen Bentley auf dem Weg ab. Ich schloss gerade die Läden im Schlafzimmer und sah ihn durch den Garten kommen. Ich sperrte mich im Bad ein. Ich hatte keine Angst vor ihm. Vermutlich war er gekommen, um den Leuten zu entfliehen, die ihm an den Kragen wollten.

Mein Mann öffnete ihm. Ich hörte sie reden. Er sprach wie jemand in Gefahr. Er schrie Sätze, so wie man um Hilfe schreit. Mein Mann antwortete mit leiser, ruhiger Stimme. Wie ein Kriminalkommissar, der mit einem Tobsüchtigen verhandeln muss. Ich hörte hastige Schritte zur Treppe, dann ein Handgemenge. Schließlich beruhigte er sich und ging wieder. Ich hörte, wie sein Bentley auf dem Kies schlingerte.

Ich ging hinunter. Mein Mann saß auf einem Stuhl. Stützte sich auf den Tisch und hielt sich den Kopf, als wollte dieser auf den Boden rollen wie eine Kugel. Ich ging zu ihm. Zum ersten Mal seit

Jahren legte ich die Hand auf seine Schulter. Er sah mich an. Ein dankbarer Blick, der Mund feucht wie eine Tierschnauze.

»Du musst dich mit ihm treffen.«

»Der Anwalt hat ihm einen Brief geschickt.«

»Ich habe Angst, dass er sich umbringt. Seine Familie würde dich beschuldigen, ihn in den Tod getrieben zu haben.«

»Ich will, dass er nachgibt. Dass ihm sein Geld nicht wichtiger ist als unsere Liebe!«

»Und wenn er sich eine Kugel in den Kopf jagt?«

Ich wollte nicht, dass seine Kinder mir seinen Selbstmord vorwerfen könnten. Ich hatte einmal eine Reportage über Kinder von Selbstmördern gesehen. Sie warten nur auf den Tag, bis sie in dem Alter sind, in dem ihr Vater gestorben ist. Eine Träne lief mir über die Wange. Mein Mann versuchte, mich zu trösten. Ich machte mich von ihm los.

»Bitte!«

»Tut mir leid.«

Wieder war kein Champagner im Haus. Und in der Whiskyflasche war auch kein Tropfen mehr. Ich fand eine Flasche Kirschwasser, das ich für einen Kuchen gekauft hatte. Ich hatte meinem Mann die Ausgabe von fünfzig Euro beim Konditor ersparen wollen.

»Warum trinkst du aus der Flasche? Wenn dich jemand sieht!«

Ich trat mit dem Fuß ins Leere, um ihm zu bedeuten, dass mir das egal war. Er lächelte.

»Du hast recht, ich bin ein alter Trottel.«

Ich fand es erniedrigend, mit einem so alten Mann zusammen zu sein. Hätte er einen anderen gesellschaftlichen Status gehabt, wäre sein Alter nicht ausschlaggebend gewesen. Man hätte mich sogar dafür bewundert, dass ich mit siebenunddreißig Jahren einen gutsituierten Mann halten konnte, der ein Topmodel heiraten könnte, schlank wie ein Grabstein. Ich wollte die Flasche in den Mülleimer werfen. Sie rollte unters Büfett.

»Ich muss dieses Geld zurückbekommen.«

»Sag ihm, dass ich dir sonst verbiete, ihn wiederzusehen.«

Ich brach in Gelächter aus. Ich stellte mir vor, wie mein Mann mir Hausarrest gab wie einem Schulmädchen und mir das Telefon wegnahm, damit ich nicht mit ihm sprechen konnte.

»Du redest Unsinn.«

»Mein Banker ruft ständig an. Ich soll eine Hypothek auf das Haus aufnehmen, um mein Konto auszugleichen.«

»Du hättest eben besser Chirurg werden sollen.«

Mit eingezogenem Schwanz verließ er die Küche. Ich stellte mir seinen zusammengeschrumpelten Penis in der Montagsunterhose vor. Ich hatte ihm ein ganzes Set zum Geburtstag geschenkt. Auf jeder Hose stand auf dem Gesäß in rot ein anderer Wochentag.

»Verwechsle die Tage nicht.«

»Ich werde mir Mühe geben.«

Er war immer gerührt, wenn ich ihm etwas schenkte.

Mein Mann wagte sich wieder vor und stellte sich an die Tür.

»Er würde gern morgen mit dir zu Abend essen.«

»Ich ruf ihn an.«

»Eine SMS genügt. Er hat für halb neun einen Tisch bestellt.«

Das Restaurant war auf Planken errichtet, man gelangte über einen Steg dorthin. Man kam sich vor wie auf einer Insel mitten im See. Wie in seinem Büro in La Défense, von dem aus man einen Blick über ganz Paris hatte, musste er das Gefühl haben, der Nabel der Welt zu sein.

Ich war für ihn lediglich eine Scharfmacherin. Eine Gratis-Geliebte, die dafür da war, ihn in seiner schlechten Meinung zu bestätigen, die er schon immer von Frauen hatte. Meine Rolle als Sex-Sekretärin würdigte mich zu einer Anwerberin von Sexpartnern herab. Ich war seiner Liebe nicht mehr sicher, die bislang der einzige Lohn für meine Hingabe gewesen war. Seine Vorliebe für Männer machte ihn vielleicht zu einem echten Schwulen. Ich vermutete irgendwo einen Liebhaber, in den er wirklich verliebt war.

Er hatte einen Tisch in einer abgelegenen Ecke bestellt. Ich überlegte, ob er nicht auch verlangt hatte, alle anderen Tische wegzuräumen, um eine Insel auf der Insel zu schaffen. Ich kam eine halbe

Stunde früher als verabredet, damit ich ausreichend Champagner trinken konnte, bevor er eintraf. Ich hatte nicht die Kraft, ihm nüchtern gegenüberzutreten. Als er dann kam, hatte ich gerade die zweite Flasche bestellt.

»Krieg ich keinen Kuss?«

Ich gab ihm zwei Küsschen auf die Wangen.

»Hübsch siehst du aus.«

Mit Pferdehändlerblick schätzte er mich ab.

»Du solltest etwas anderes zu dir nehmen als nur Lexomil. Du siehst aus wie eine Magersüchtige.«

Ich stand auf und wollte gehen.

»Du kannst dich ja nicht mehr auf den Beinen halten.«

Ich ließ mich wieder auf den Stuhl fallen.

»Du verachtest mich.«

»Ach ja? Ich wüsste wirklich nicht, warum ich mir diese Mühe machen sollte.«

Er rief den Oberkellner. Er bestellte Gänsestopfleber und Chateaubriand für zwei Personen.

»Wie gebraten?«

»Blutig.«

Er wusste genau, dass ich den Geschmack von Blut nicht ausstehen kann. Ich mag nur durchgegartes Fleisch. Er zeigte mir die Zähne.

»Hündinnen mögen rohes Fleisch.«

Ich fing an zu weinen. Tränen spielten in seinem

Leben eine wichtige Rolle. Mit seinen eigenen Tränen lebte er die Phantasie des Kindes aus, das von seiner Mutter misshandelt wurde. Eine merkwürdige Erregung, jenseits des Bedürfnisses nach Schmerz, nach Dominanz. Wenn er in dieses schwarze Loch abglitt, suchte er nicht einmal mehr sexuellen Kontakt. Sein Penis schrumpfte, als wollte auch er an den Anfang der Sechzigerjahre zurückkehren, als seine Mutter ihn in der alten, lackierten Badewanne in ihrem Privatpalais in Neuilly mit kaltem Wasser abduschte. Eine Phantasie, bei der er tolle Orgasmen hatte. Ein Albtraum, an dem er nachts aufwachte.

Er hatte von mir verlangt, dieses ungeliebte Kind wiederzufinden. Einen unglücklichen Jungen, eine Reminiszenz, eine Erinnerung, die er vierzig Jahre später mit dem Finger berühren könnte. Ich hatte eine Freundin gebeten, mir ihren Sohn auszuleihen, doch sie hatte kategorisch abgelehnt. Der Empfangschef in einem Hotel in Sankt Petersburg besorgte mir einen kleinen Slawen. Damit er ihm ähnlich sah, färbte ich dem Kleinen die blonden Haare rabenschwarz.

Diese Überraschung fand er eines Abends im Badezimmer vor, als er von einem Treffen mit einem Geschäftemacher zurückkam, der heute in einem sibirischen Arbeitslager ist. Ich hatte den Jungen ausgezogen und ihn auf einen Schemel gestellt wie auf ein Podest. Er ging um ihn herum, wagte es aber nicht, ihn zu berühren oder mit ihm ein paar wenige Worte zu wechseln, die er auf Russisch konnte. Alle beide hatten den gleichen ängstlichen Blick.

»Schick ihn weg.«

»Er hat ein Vermögen gekostet.«

Ich begleitete den Jungen zurück an die Hotelbar, wo seine Mutter auf ihn wartete. Sie war schlecht gekleidet, und der Barmann hatte sie schon mehrmals zum Gehen aufgefordert.

Auch meine Tränen mochte er. Es bereitete ihm größte Lust, sie zu sehen. Der Beweis seiner Macht, als wäre er ein Gott, der Regen machen kann. Sobald mein Blick glasig wurde, wurde sein Penis steif, er wurde noch härter als an den Abenden, wenn er stimulierende Mittel einnahm, um die Nebenwirkungen der Antidepressiva auszugleichen, die ihm in der Psychiatrischen Klinik Sainte-Anne verschrieben wurden, damit er im Büro nicht nur auf dem Sofa saß und Löcher in die Luft starrte, während seine Geschäfte den Bach runtergingen.

Eines Morgens hatte er mich gebeten, ihn in die Klinik zu begleiten. Ein Wartezimmer mit einem abgenutzten braunen Teppichboden, auch an den Wänden, wo er bestimmt schon seit über dreißig Jahren klebte, voller Brandlöcher von Zigaretten, die die Irren dort ausdrückten, als man in Krankenhäusern noch rauchte wie an einem Spieltisch. Die Patienten wurden über einen näselnden Lautsprecher aufgerufen, ob es nun Obdachlose waren oder Fernsehmoderatoren. Sie mussten diese Erniedrigung über sich ergehen lassen, um von einer Kapazität empfangen zu werden, die nie daran dachte, eine eigene Praxis aufzumachen. Ein kleiner Mann mit riesigen, fast schwarzen Händen, so behaart waren sie, ein Mann, der das Geld der Stars ablehnte und von heimlichen Besuchen in deren Zuhause träumte.

»Weinst du?«

»Du bringst mich zum Weinen.«

Er wurde noch steifer, wenn ich ihn für die Tränen verantwortlich machte. Nicht einmal an einem öffentlichen Ort konnte er sich beherrschen, mit dem Finger meine Augenwinkel zu berühren und meine Tränen so direkt wie nur möglich von der Quelle zu kosten. Wenn wir allein waren, leckte er sie auf. Ihm gefiel es, wenn ich ihn gleichzeitig rieb.

Als der Kellner kam, wischte ich meine Tränen mit der Serviette weg. Gänsestopfleber mag ich nicht. Ich aß einen Happen und noch einen zweiten, damit er sich an meinem Brechreiz ergötzen konnte. Das Fleisch wurde serviert. Ich schnitt ein

Stück ab und kaute es mit offenem Mund, damit er das Blut spritzen sah.

»Du hast rote Lefzen.«

Ich wusste, dass er gleich kommen würde. Ein Glucksen und dann die Feuchtigkeit, die ihn an seinen – bis er achtzehn Jahre alt war – allnächtlich feuchten Pyjama erinnerte.

Ich hatte ihn in der Hand. In diesem Moment erschlaffte sein Penis, und die Domination wechselte die Seiten. Er konnte mir nicht mehr widerstehen. Immer wenn er einen Tritt bekam, spürte ich sein Bedürfnis, zu kriechen, sich an meine Beine zu klammern. Er litt darunter, nicht in einem Zimmer eingesperrt zu sein, wo er mich mit dem Blick eines verängstigten Kindes anflehen konnte, ihn zu verschonen.

Ich griff an:

»Du wirst mir das Geld zurückgeben.«

Er kämpfte. Ein Flüstern:

»Nein.«

»Dann behalt es. Mein Anwalt wird dir eine Verzichtserklärung schicken.«

Er stöhnte. Ein Opfer, dem unverhofft die Folter erspart wird.

»Aber morgen früh um elf treffen wir uns vor der Bank. Du hebst am Schalter eine Million Dollar in bar ab. Dann gehen wir auf die Toilette. Du ziehst dich aus. Und nimmst die Geldbündel eines nach dem anderen in den Mund. Ich reiße sie dir aus den Zähnen und wische den Geifer an deinem Kinn damit ab. Dann drücke ich deine Hoden. Du wirst dich schämen, zu kommen. Der Saft wird aus deinem schlaffen Schwanz fließen wie Rotz.«

Er weinte. Der Oberkellner brachte ihm die Rechnung. Er schnauzte ihn an und drehte dabei sein verweintes Gesicht zum See.

»Schmeißen Sie uns raus?«

»Tut mir leid, das war mein Fehler. Ich hatte gedacht, Sie hätten um die Rechnung gebeten.«

»Zur Strafe sagen Sie dem Geschäftsführer, dass ich heute Abend nicht bezahle.«

»Ich verstehe nicht …«

»Verschwinden Sie.«

»Ich bitte vielmals um Entschuldigung, Monsieur, ich wünsche Ihnen noch einen wunderschönen Abend!«

Der Kellner ging mit kleinen Schritten weg, um ihn nicht zu reizen, indem seine Absätze laut auf den Planken klackten.

»Dieses Schwein.«

»Beschimpfst du einen Angestellten?«

»Ich habe ihn um nichts gebeten.«

»Mund auf!«

»Wieso?«

»Tu, was ich sage.«

Ich ließ meinen Blick schnell durchs Lokal wandern, um mich zu vergewissern, dass uns niemand zusah. Dann nahm ich seine Zunge mit den Fingernägeln. Ich zog. Ich wartete darauf, dass er quiekte wie eine Maus in der Falle, dann ließ ich los. Ich wäre gern in ihn eingedrungen wie Säure – auf dass er mich mit einem Aufbrüllen schließlich ausgepisst hätte.

Ich stand auf.

»Bis morgen.«

Im Gegenlicht des Mondes konnte ich sein Gesicht nicht sehen. Und dann sagte er diesen Satz, den ich ihm niemals verzeihen werde.

»Eine Million Dollar – das ist viel für eine Nutte.«

Am nächsten Morgen wartete ich vor der Bank vergeblich auf ihn. Mein Mann hatte den Wagen in einem Parkhaus abgestellt. Wir fuhren nach Hause. Setzten uns in die Küche. Er knabberte Toastkrümel, die noch vom Frühstück neben den Kaffeeschalen lagen.

»Ich werde seinem Sohn alle Fotos schicken, die ich bei meinem Onkel versteckt habe.«

Am Tag nach meiner Rückkehr aus Australien ging ich ins Hauptkommissariat, um keinen Argwohn zu erwecken, indem ich wartete, bis sie mich wieder zu Hause anriefen. Zwei Kommissare empfingen mich.

»Setzen Sie sich.«

Ich war aufgeregt.

»Kann ich rauchen?«

Sie zögerten. Dann erlaubte es mir der Ältere von beiden schließlich mit einem Nicken.

»Haben Sie das Opfer am Tag des Mordes gesehen?«

Ich leugnete es. Aber sie hatten das Video aus der Überwachungskamera.

»Als ich zu ihm kam, war er schon tot. Er steckte in einem Overall. So wie diese Säcke, in die man in Fernsehkrimis die Leichen legt. Ich konnte nicht mal sicher sein, dass er es war. Ich hörte ein Geräusch hinten in der Wohnung. Stimmen von Männern, die eine eigenartige Sprache sprachen. Sie suchten wohl etwas.«

»Was?«

»Alle wussten, dass er bereits ein toter Mann war. Er wusste, dass man ihn hinrichten wollte. Es war ihm egal. Er sagte immer, dass er nicht so sehr am Leben hing, um Angst zu haben, es zu verlieren. Sie können das nachprüfen. Er war in psychiatrischer Behandlung. Ich bin sicher, der Arzt wird Ihnen erklären, dass bei ihm keinerlei Aussicht auf Heilung bestand. Eine Sache aus der Kindheit, die er nicht verarbeitet hat und die sein Leben lang an ihm zehrte. Dieses Trauma hatte bereits auf seinen Gesamtzustand übergegriffen. Wenn man ihn nicht umgebracht hat, dann hat er Selbstmord begangen. Er mochte Waffen, er wollte nicht anders sterben als mit einer Kugel im Kopf.«

»Das hat er Ihnen gesagt?«

»Er spielte oft russisches Roulette.«

Sie waren misstrauisch. Der Ältere nahm die Brille ab. Drückte nervös auf sein linkes Auge. Nach dem Geräusch, das dies machte, hatte er wohl ein Glasauge.

»Er hat sich nicht selbst umgebracht. Wir haben keine Waffe gefunden.«

»Dann hat man ihn wohl ermordet.«

Ich steckte die Hand in die Tasche und holte eine Tablette heraus. Ich lutschte sie wie eine Pastille.

»Sie sollten die Mörder suchen.«

Beide lachten spöttisch wie die Amsel in Avallon, die mich jeden Morgen weckte.

»Er hatte wohl nicht den Mut, sich selbst zu töten. Vielleicht hat er die Männer dafür bezahlt.«

Sie glaubten mir nicht. Ich hätte sie am liebsten gefragt, was sie von mir erwarteten, was ich ihnen sagen sollte.

»Warum haben Sie nicht die Polizei gerufen?«

»Ich hatte Angst, diese Leute könnten sich rächen. Ich fand es besser, möglichst weit wegzugehen.«

Der Ältere hob den Finger, als wollte er eine Frage aufspießen, die in diesem Raum hing, wo sich die Worte der beiden anhörten wie das Brummen von Hornissen.

»Und dieser Overall – wussten Sie von seiner Existenz?«

»Es war hochgeheim. Er führte ein Doppelleben, schon jahrzehntelang. Er konnte sich nicht zwischen beiden Leben entscheiden. Er war immer enttäuscht, ständig probierte er etwas Neues aus.«

Sie blickten einander an. Wie Komplizen. Zwei Jungen, die einem Mädchen gleich eine Schweinerei ins Gesicht sagen. Der junge Kommissar blätterte in der Akte, die auf der Computertastatur lag.

»Wir haben eine alte Mail vom dritten Juni 2002 gefunden.«

»Wir haben uns oft Mails geschickt. Er hat mir

seine Phantasien erzählt, und ich habe ihm erzählt, wie wir sie zusammen ausleben.«

»Und das war in Wirklichkeit nicht so?«

»Natürlich nicht.«

»Am dritten Juni schrieben Sie, dass Sie ihm einen Latexanzug gekauft hätten. ›Zum Spielen‹. Sie fügten hinzu: ›Man musste ihn bestellen, sie hatten so eine große Nummer nicht vorrätig.‹«

»Er war sehr groß, er trug nur Maßanzüge.«

»Also haben Sie ihm diesen Overall gekauft?«

Ich hatte Angst, dass man mich in Gewahrsam nahm. Ich wollte lieber nicht widersprechen.

»Ich habe ihn jedenfalls bezahlt. Wenn ich ihm den Overall anzog, fühlte er sich vor der Wirklichkeit geschützt. Die Wirklichkeit machte ihm Angst. Für ihn war sie ein bisschen wie ein Wald. Er glaubte, hinter den Bäumen lauerten wilde Tiere. Deswegen ging er so gern auf die Jagd. Aber er wusste, dass er niemals alle Tiere töten konnte und immer welche übrig bleiben würden. Es sind geschützte Arten, also vermehren sie sich. In dem Latexanzug war er wie ein mittelalterliches Baby. Sie wissen schon – wie auf den Bildern, wo die Kinder von Kopf bis Fuß eingewickelt sind. Ich war wie seine Amme. Ich beschützte ihn, ich war für ihn die ganze Welt. Dann hatte er keine Angst mehr.«

»Haben Sie mit ihm Sadomaso praktiziert?«

Beide hatten einen geilen Blick.

»Das wäre zu viel gesagt.«

Sie lächelten ironisch. Ich konnte es nicht ertragen, dass sie sich möglicherweise über mich lustig machten.

»Und Sie? Was machen Sie so? Haben Sie eine Frau? Eine Geliebte? Auch die Penetration ist Sadomaso. Dazu muss nämlich immer einer über dem anderen sein.«

Ich stand auf.

»Man sagte mir, hier in diesem Land wären die Polizisten korrekter als in Frankreich.«

Sie ließen mich nicht gehen. Sie wollten mit mir über die Million sprechen, von der ich nicht einmal einen einzigen Cent in der Hand gehabt hatte. Ich hatte keinerlei Lust mehr, mich kooperativ zu zeigen. Ich gab ihnen eine ausweichende Antwort:

»Dieses Geld hat jedenfalls nichts an unserer Liebe geändert.«

Als ich das Kommissariat verließ, rief ich seine Schwester an. Die Kinder waren zwei Tage zuvor mit ihrer Mutter angekommen. Sie hatte bereits eine psychologische Gemeinschaftspraxis um Unterstützung gebeten, ein Team, dessen Adresse sie vom Gesundheitsminister bekommen hatte. Normalerweise schickte man diese Psychologen zu den Familien von Passagieren, die mit dem Flugzeug abgestürzt waren.

»Ich würde gern die Kinder sehen.«

Der Therapeut, der sich um den ältesten Sohn kümmerte, hatte gewünscht, dass ich käme. Der Junge erwähnte oft meinen Namen, als wäre ich ein Schatten im Leben seines Vaters, der verhinderte, dass er von ihm ein leuchtendes Bild in Erinnerung behielt.

»Dann komm gleich.«

Sie wohnte oben in der Stadt. Fotografen belagerten das Haus. Sie hatte einen Sicherheitsdienst damit beauftragt, den Eingang zu schützen. Die Männer riefen in der Wohnung an, bevor sie mich durchließen.

Sie öffnete mir die Tür. Seit unserem letzten Treffen drei Wochen zuvor hatte sie sich die Haare schneiden lassen.

»Gut, dass du den Pony endlich los bist!«

Sie fiel mir in die Arme.

»Ihr wart euch so nah, du musst erschüttert sein.«

»Ich war im Urlaub in Sydney. Ich bin umgehend zurückgeflogen.«

Ich weinte. Sie brachte mich ins Badezimmer, damit ich meine Tränen abwischen konnte. Ich besserte mein Make-up nach.

»Sie sind im Wohnzimmer.«

Sie führte mich an der Hand durch die Diele.

»Ich lass dich jetzt allein.«

Ich betrat den Raum. Die drei Kinder saßen auf dem Sofa. Die Psychologen hatten beschlossen, nicht an dem Treffen teilzunehmen. Die Mutter grüßte mich knapp. Sie ging und nahm die beiden Jüngeren mit, ohne dass ich Zeit gehabt hätte, sie zu begrüßen.

Ich stand dem Ältesten von Angesicht zu Angesicht gegenüber. Er war fast weiß im Gesicht, aber er hat sowieso einen hellen Teint. Seine Augen mit den leichten Augenringen von der durchwachten Nacht waren nicht rot verweint. Ich spürte, dass der Tod des Vaters aus ihm nun einen erwachsenen Mann machte. Ohne es zu merken, nahm er langsam den Platz des Familienoberhauptes ein, der seit der Scheidung seiner Eltern vor zehn Jahren vakant war.

»Du hast große Kraft.«

Ich wollte mich neben ihn setzen. Er hätte sich hinlegen und seinen Kopf auf meinen Schoß betten können. Eine Erinnerung an die Abende, die wir gemeinsam in Paris verbracht hatten. Dann hätten wir ein wenig Gelassenheit wiedergefunden, ein paar Minuten des Friedens, die wir beide so nötig hatten, um diese schwere Prüfung zu bestehen.

Doch als ich näher trat, erhob er sich. Er hielt meinem Blick nicht stand. Er ging ans Fenster. Drehte mir schweigend den Rücken zu.

»Ich weiß gar nicht, was ich sagen soll. Es ist so schrecklich traurig!«

Ich stand hinter ihm. Hörte ihn atmen, die gleichen tiefen Atemzüge wie sein Vater, wenn er mir wie ein wildes Tier an den Hals wollte, um mir mit den Zähnen die Kehle durchzubeißen.

Ich verließ das Wohnzimmer, wobei ich mich beherrschte, nicht zu rennen. Ich lief in die Diele, stieß gegen die Mutter, die an der Tür lauschte. Draußen vor dem Haus bildeten die Fotografen ein Spalier. Es war noch hell, aber sie blendeten mich mit ihren Blitzlichtern.

Als ich nach Hause kam, spürte ich zum ersten Mal in meinem Leben, wie mir der kalte Schweiß den Rücken hinabrann.

Die Polizei verhörte mich innerhalb von zwei Wochen sechs Mal. Schmerzliche Befragungen. Sie wollten immer mehr Einzelheiten über unsere Beziehung wissen.

»Ich habe Ihnen nichts zu sagen.«

»In der Nachricht vom einundzwanzigsten März 2004 hat er Ihnen die Heirat versprochen.«

»Ich habe abgelehnt. Ich bin schon verheiratet, und ich werde mich niemals scheiden lassen.«

Dieses Mal haben sie mir das Rauchen verboten. Ich bat um eine Pause, um draußen zu rauchen, aber sie befragten mich weiter, ohne mir überhaupt eine Antwort zu geben.

»Ihre Heirat in Las Vegas ist ohne rechtlichen Belang.«

»Und am dritten April haben Sie ihm sein Eheversprechen in Erinnerung gerufen.«

Sie nahmen mich ins Kreuzverhör.

»Nach dem Widerruf seines Versprechens haben Sie eine Million Dollar verlangt, damit ›du mir deine Liebe beweist‹.«

»Eine Million Dollar ist ein eigenartiger Liebesbeweis.«

»Er war sehr geizig. Dass er eingewilligt hat, war für mich ein Beweis seiner Liebe. Ich hatte einen Wert. Ich war für ihn genauso wertvoll wie das Skizzenheft von Picasso, das er im Oktober im Hôtel Drouot in Paris ersteigert hat. Liebe bedeutet Geben und Nehmen. Ich gab mich ihm ganz hin, und das war wirklich alles, was ich hatte. Er konnte mir locker eine Million geben. Für ihn war das nur ein Bruchteil seines Vermögens. So, wie wenn ich mir eine Haarlocke abgeschnitten hätte, damit er sie in einem Medaillon tragen könnte.«

Sie standen beide von ihren Stühlen auf. Kamen zu mir. Ihre Gesichter waren über mir, ihre vier Augen in die meinen gebohrt.

»Haben Sie ihn getötet?«

»Ich glaube kaum.«

»Haben Sie ihn nun getötet, ja oder nein.«

»Nein, das ist unmöglich. Ich hätte ihn nicht töten können. Ich töte nicht gern, na ja, manchmal einen Vogel oder Kleinwild bei der Jagd. Er hingegen tötete Säugetiere. Sogar Elefanten. Er war immer bewaffnet, er hätte mich ohne Weiteres erschießen können wie ein Tier.«

»Dann haben Sie ihn nicht getötet?«

»Meiner Ansicht nach habe ich ihn nicht getötet. Ich bin mir dessen fast sicher. Wenn Sie einen Beweis dafür haben, dass ich ihn umgebracht habe, dann sagen Sie es mir. Aber das würde noch lange nicht bedeuten, dass ich lüge. Man hat schon Unschuldige verurteilt, weil man beweisen konnte, dass sie schuldig waren.«

»Und wenn wir diesen Beweis finden würden?«

»Dann würde ich gestehen. Was denn sonst?«

Sie setzten sich wieder. Der Ältere lächelte, der Jüngere tippte auf der Tastatur.

»Aber glauben Sie bloß nicht alles, was ich gestehe. Es gibt Leute, die sich selbst des Mordes an einem Menschen bezichtigt haben, der noch am Leben ist.«

Er druckte den Text aus, den er gerade getippt hatte.

»Unterschreiben Sie Ihre Aussage.«

»Kann ich dann gehen?«

»Ja.«

Ich brauchte eine Zigarette und etwas zu trinken. Ich unterschrieb. Er riss mir das Blatt aus der Hand.

»Wir sehen uns am Freitag um vierzehn Uhr.«

»Verdächtigen Sie mich noch immer?«

Der Jüngere lachte. Der Ältere sagte so sanft wie eine Krankenschwester, die mit einer Schizophrenen redet:

»In keiner Weise. Aber wir würden uns sehr freuen, Sie wiederzusehen.«

»Vierzehn Uhr passt mir schlecht. Ich habe am späten Vormittag einen Termin beim Masseur und würde zumindest noch gern ein Sandwich essen, bevor ich hierherkomme.«

»Wir kochen Ihnen etwas zum Abendessen.«

Ich hatte genug. Ich hielt es nicht einmal mehr für nötig, ihn darauf hinzuweisen, dass die Uhrzeit für ein Abendessen schlecht gewählt war.

»Bis Freitag.«

»Ich komme vielleicht fünfzehn, zwanzig Minuten später.«

Seit meiner Rückkehr aus Australien fand ich keine Ruhe mehr. Ich wollte seine Stimme hören. Ich rief auf seinem Handy an, nur um seine Ansage auf der Mailbox zu hören. Ich wartete auf den Piepton und lauschte dem Schweigen. Ich sagte nichts, aus Angst, seine Exfrau könnte die Mailbox abhören.

Ich versuchte, mich abzulenken. Mein Mann musste mit mir ins Kino gehen und durch die Stadt joggen, in der Hoffnung, ich würde ausreichend Endorphine ausschütten, um mich zu betäuben. Die Beruhigungsmittel konnten mir keine Erleichterung mehr verschaffen, der Champagner auch nicht.

Ich traf mich mit Freunden, die ich schon lange nicht mehr gesehen hatte. Sie bedauerten mich, weil ich im Mittelpunkt dieser Affäre stand. Ich versuchte, sie davon zu überzeugen, dass dieser Mord unausweichlich war. Mit gewissen Ländern macht man nun mal nicht ungestraft Geschäfte. Ein Krieg, der zwischen Ost und West erklärt ist.

Russen, die so grausam sind wie die Afghanen. Eine Art permanentes hinterhältiges Attentat mit Börsen, die crashten, und Geiseln, denen man den Kopf abhackte.

»Vielleicht gestehe ich. Nur um im Gefängnis in Sicherheit zu sein, wenn die USA das Land plattmachen. Ich werde dort ein regelmäßiges Leben führen, Sport treiben, mich zu einem Töpferkurs anmelden. Ich werde Sprachen lernen, Geschichte, Buchhaltung. Ich wäre wie eine Studentin an der Uni. Ich werde mit Diplomen aus dem Gefängnis kommen. Diplome sind wichtig.«

»Du solltest zum Arzt gehen.«

»Ich gehe dauernd zu Ärzten. Ich will nicht aufgeschmissen sein ohne Arzt.«

»Du musst zur Ruhe kommen.«

»Wenn man mich festnimmt, werde ich für viele Jahre zur Ruhe kommen. Mit meiner Million werde ich im tiefsten Winter Erdbeeren und Kirschen essen. Ich werde eine Zelle mit Seeblick verlangen. Am Wochenende werden wir mit den Sozialarbeitern ins Grüne fahren. Ich werde endlich Skifahren lernen.«

Heute weiß ich, in welcher geistigen Verwirrung ich mich damals befand. Ich fühlte mich nirgendwo mehr sicher. Es kam vor, dass ich den Wagen mitten auf einer Hauptstraße stehen ließ, weil ich solche Angst hatte, verfolgt zu werden. Ich stieg aus und flüchtete mich in die Gassen der Altstadt. Ich ging in eine Kirche und kniete nieder. Ich weinte vor dem Kreuz. Ich sagte mir, ein Kloster wäre vielleicht so etwas wie die Fremdenlegion. Man würde mir einen anderen Namen geben. Die Polizei würde mich dort nicht suchen.

Ich ging täglich zu meinem indischen Masseur. Vor ihm zog ich mich ganz nackt aus. Meine Kleider und meine Angst hängte ich über einen Stuhl. Ich legte mich hin. Die Massagebank war mit einem Leintuch bedeckt. Er musste mich nicht festbinden. Ich überließ mich ihm. Seine Hände übermittelten mir die Gelassenheit, die das Leben mir nie geschenkt hatte. Meine Vergangenheit war irgendwo begraben, die Zukunft in ein Bankschließfach gesperrt, das ich nie öffnen lassen würde. Die Gegenwart duftete nach Jasmin im Dämmerlicht des Kerzenscheins.

Wenn die Sitzung vorüber war, bat ich ihn, noch bleiben zu dürfen.

»Ich habe gleich den nächsten Patienten.«

Ich griff nach seinem Arm. Umarmte ihn. Er reagierte nicht.

»Sind Sie homosexuell?«

Er lächelte. Das Lächeln einer Sphinx.

»Bis morgen, Madame.«

Ich zog mich wieder an.

»Nur bei Ihnen fühle ich mich wohl.«

»Bitten Sie Ihren Mann, Ihnen Heilkräuter zu verschreiben.«

Ich ging.

Seit Längerem hatte ich keine Nacht mehr durchgeschlafen. Am Freitagmorgen wurde ich sanft von Hufgeklapper geweckt. Als ich die Fensterläden öffnete, war das Pferd verschwunden. Ich fragte mich, wer mir diese acht Stunden Schlaf geschenkt hatte. Einen tiefen Schlaf ohne Träume, ohne Störungen.

Mein Mann hatte die Kaffeemaschine gefüllt. Ich musste nur auf den Knopf drücken, und der Kaffee floss. Ich war im Aufbruch. Ich betrachtete den Garten mit den Augen eines Menschen, der weggeht. Auf eine lange Reise – kein Urlaub, eher eine Art Kur in einem melancholischen Badeort, wo die Sonne selten scheint. Ich war nicht traurig. Ich wusste ja, dass ich nicht mein ganzes Leben dort verbringen würde.

Ich ließ mir im Bad Zeit. Eine belebende Gesichtsmaske. Eine Bürstenmassage mit ätherischen Ölen. Enthaarung mit Kaltwachsstreifen. Eine ausgiebige Dusche. Ich rieb meine Haare mit dem Handtuch ab, dann ließ ich sie an der Luft trocknen. Ich schminkte mich mit den Präparaten, die ich auf dem Rückweg von Australien im Flugzeug gekauft hatte.

Vor dem Schrank blieb ich einen Moment stehen. Ich zog helle Unterwäsche aus beigefarbener Baumwolle an. Keine Strümpfe, es war zu warm. Lavendelblaue Bluse, kurzer schwarzer Rock und flache Schuhe. Ich holte meinen Koffer aus dem Keller. Er war schnell voll. Ich packte auch die Reisetasche.

Ich ging noch kurz ins Atelier. Das Bild rührte ich nicht an. Ich würde es irgendwann fertig malen. Ich hätte Fortschritte in der Malerei gemacht. Ich ließ die Tür weit offen. Der Wind würde die Luft erfrischen, die nach Farbe roch. Mein Mann würde die Tür später wieder schließen.

Er war mit dem Wagen in seine Praxis gefahren. Ich nahm ein Taxi zu meinem Masseur. Das Gepäck ließ ich im Wartezimmer.

»Fahren Sie nach Avallon?«

»Ja, ich muss mich ausruhen.«

»Das haben Sie nötig.«

Ich zog mich aus. Ich wusste, dass er für lange Zeit der letzte Mann wäre, der meinen Körper berührte. Am nächsten Tag würde er mich nicht massieren, auch nicht im nächsten Jahr. Ich sehnte mich bereits danach.

Ich legte mich nicht auf die Massagebank.

»Wollen Sie sich wieder anziehen?«

»Ich habe Angst, mein Flugzeug könnte früher abfliegen.«

»Bestenfalls sind die Flieger pünktlich.«

Er war erstaunt, als ich ihn auf den Mund küsste. Flüchtig. Wie manche Eltern ihre Kinder küssen.

Es war erst Mittag. Ich stellte die Reisetasche auf den Rollkoffer und zog alles hinter mir her. Ich spazierte umher wie eine Touristin, die sich in einer fremden Stadt verlaufen hat. Ein junger Mann bot mir seine Dienste an.

»Suchen Sie Ihr Hotel?«

»Nein, ich bin auf der Durchreise.«

Er spendierte mir in einem Straßencafé etwas zu trinken. Hinter der Straße lag der See, ruhig und ohne Boote. Wegen des Verkehrslärms hörte ich nicht gut, was er zu mir sagte. Ich sah die Leute vorübergehen. Sie wirkten verstimmt mit ihren Handys am Ohr. Dann lachten sie, beendeten ihre Gespräche und zerstreuten sich wie eine Menschenmenge nach einer Demonstration.

»Haben Sie Appetit auf einen Salat?«

Er hatte die Stimme gehoben, damit ich ihn hörte.

»Wo wohnen Sie?«

Meine Frage machte ihm Angst.

»Ich weiß nicht …«

»Wo?«

»Nicht weit von hier.«

Er zog meinen Koffer für mich bis zu seiner Ein-
zimmerwohnung.

»Orangensaft?«

Ich lächelte.

»Ich möchte, dass Sie mit mir schlafen.«

»Das werde ich nicht.«

Ich nahm ihn in den Arm, er machte sich los.

»Lassen Sie mich!«

»Warum wollen Sie nicht?«

»Ich habe keine Lust.«

»Sie haben doch mich angesprochen.«

Er setzte sich aufs Bett.

»Ich unterhalte mich gern mit reifen Frauen.«

Wenn ich ihn mit sechzehn Jahren bekommen
hätte, hätte ich seine Mutter sein können. Man
schläft nicht mit dem eigenen Sohn. Es war richtig,
dass er mich zur Ordnung rief.

»Machen Sie eine Spazierfahrt mit mir?«

»Man hat mir letzten Sonntag das Motorrad
geklaut.«

»Wir gehen zu Fuß.«

Wir gingen kreuz und quer durch die Stadt. Wir
kamen an einem Eisstand vorbei. Ich drückte ihm
einen Geldschein in die Hand.

»Spendieren Sie mir ein Hörnchen mit Vanille-eis?«

Er gab mir das Wechselgeld wie ein großer Junge, der stolz war, dass man ihn etwas hatte besorgen lassen. Wir gingen durch eine überdachte Passage. Ich zog ihn in einen Schuhladen.

»Ich schenke Ihnen dunkelblaue Mokassins.«

Er ließ es geschehen. Er behielt die Schuhe gleich an und warf seine alten Turnschuhe in den Schirmständer, den er für einen Mülleimer hielt.

Nachdem wir das Geschäft verlassen hatten, hatte ich noch ein wenig Zeit.

»Wollen wir zu Mittag essen?«

Ich ging mit ihm in ein Restaurant. Bestellte Austern und Champagner.

»Die ganze Flasche schaffen wir nie.«

»Dann nehmen Sie den Rest mit nach Hause.«

Ich trank nur ein Glas. Ich wollte nicht beschwipst aufs Kommissariat kommen. Er aß fast alle Austern. Ich hatte keinen Hunger. Ich führte eine zum Mund. Wollte ihren Saft trinken. Den Geschmack des Meeres im Mund haben.

»Essen Sie nichts?«

»Ich bin auf Diät.«

»Aber Sie sind doch so dünn.«

Es war 13 Uhr 45. Ich hatte keine Zeit mehr, die Rechnung zu verlangen. Ich stand auf.

»Bezahlen Sie nicht?«

»Ich habe es eilig. Gehen Sie mit dem Koffer voraus.«

»Ernsthaft?«

»Beeilen Sie sich.«

Er tat, was ich sagte. Ich wartete, bis er einen kleinen Vorsprung hatte. Dann verließ ich in aller Ruhe das Lokal. Kaum war ich draußen, beschleunigte ich meine Schritte. Niemand folgte mir. Ich fand ihn hinter einer Bushaltestelle versteckt.

»Sie sind ein bisschen exzentrisch.«

»Ein bisschen verrückt?«

»Ja.«

Beim Anblick des Kommissariats hatte ich ein ungutes Gefühl. Das Gebäude sah aus wie ein düsteres Reisebüro. Ich würde kein Reiseziel auswählen – man würde mich verschicken wie ein Stück Frachtgut.

»Sind Sie Polizistin?«

Ich strich ihm durch die blonden Locken.

»Keine Angst.«

Der Wachhabende sah uns mit dem Gepäck hereinkommen. Ich setzte mich neben ein Paar, das voller Hass auf einen Unbekannten war, der ihr Haus ausgeraubt hatte, während sie in ihrem Sportverein bei einer Stretching-Stunde waren.

»Sie können gehen.«

Ich küsste ihn mehrmals auf die Stirn. Er blieb

mit verschränkten Armen vor mir stehen, unbehol-
fen, lächelnd.

»Gehen Sie schon.«

»Dann auf Wiedersehen.«

Er ging und setzte dabei einen Mokassin langsam vor den anderen, als wäre er nicht sicher, ob er
wirklich weggehen wollte. Er kam nicht mehr zurück.

Ich war drei Minuten zu früh da. Die Kommissare holten mich Punkt vierzehn Uhr ab. Als sie den Koffer sahen, waren sie irritiert.

»Sie stehen unter polizeilicher Überwachung, Sie dürfen das Land nicht verlassen.«

»Ich bin gekommen, um mich zu stellen.«

Sie klatschten sich mit der rechten Hand ab, als würden sie sich zu einem gelungenen Geschäft beglückwünschen. Sie baten mich in ihr Büro.

»Setzen Sie sich. Das halten wir alles schwarz auf weiß fest.«

»Ich habe mein Gepäck draußen vergessen.«

»Dem passiert schon nichts.«

»Außerdem brauchen Sie diesen ganzen Kram im Gefängnis nicht.«

Sie wollten ein ausführliches Geständnis. Ich war erschöpft von diesen drei Jahren Liebe. Unsere Beziehung war nie entspannt gewesen. Eine Leidenschaft, die in Panik gelebt wurde. Ein Mord, von dem im Endeffekt nur die Kinder profitieren würden, sobald sie ihre Trauer überwunden hätten.

Nun war alles zu Ende. Ich hatte keine Lust, meinen Kopf zu strapazieren, um mich zu erinnern. Überdies war mein Gedächtnis damals getrübt. Die Ereignisse trieben in einem großen Chaos in mir herum wie die Ladung eines Schoners, der von Piraten versenkt worden war.

Ich ließ sie reden, ließ sie an meiner Stelle erzählen. Sie schienen hocherfreut, dass ich sie nicht unterbrach und dazwischenfunkte. Bevor ich unterschrieb, ließ ich jedoch einige zu belastende Sätze umformulieren. Ich war bereit, einen Teil meiner Existenz zu opfern, aber ich hätte es ungerecht gefunden, jahrzehntelang im Gefängnis sitzen zu müssen.

In der Zelle vergehen die Jahre langsam. Man hat Zeit, sein Leben aufzuräumen. Ein paar Kleidungsstücke, die man im Spülbecken auswäscht. Lidschatten, Lippenstift, die man an den Besuchstagen aufträgt. Zeitschriften, in denen man in Großaufnahme die Zellulitis der Stars sieht. Ein Heft, um Gedichte oder sonst etwas zu schreiben. Papierbögen mit Skizzen. Ein Walkman, mit dem man sich mit Musik zudröhnen kann und den Fernseher nicht so laut hört, den meine Zellengenossin um acht Uhr morgens anschaltet und erst spätabends wieder ausmacht, wenn das Licht gelöscht wird.

Die Zeit reinigt die Erinnerung. Ein Gemälde, dessen Lack nachgedunkelt war. Abbeizen ohne Skrupel. Dann kommt die Wahrheit so klar zum Vorschein wie ein Bild von Hieronymus Bosch.

Sein Appartement war voller versteckter Waffen. In jedem Zimmer lag eine Pistole griffbereit und kaum verborgen in einer Vase mit Trockenblumen, in einer alten Perückenschachtel aus dem 17. Jahrhundert oder ganz einfach vergessen unter einem Sofa wie ein Feuerzeug, das einem aus der Hand gefallen ist. Im Salon hing eine .22 Long Rifle hinter einem Triptychon aus der italienischen Renaissance. Im Schlafzimmer hatte er in jedem Nachttisch eine 9-mm-Pistole. Seine Passion für Waffen hatte sich bei seiner Angst, von Killern umgebracht zu werden, am Ende als nützlich erwiesen.

Am Abend des Mordes kam ich mit meinem Schlüssel in die Wohnung. Es war schon dunkel. Ich zog mich im Badezimmer um. Kurzer schwarzer Lackrock. Netzstrümpfe, in denen meine Beine aussahen wie Fische im Netz. Die Stiefel mit den hohen Absätzen zog ich wieder an.

Das Schlafzimmer grenzte ans Bad. Ich breitete den Overall auf dem Bett aus, legte die Maske dazu, sodass es aussah wie ein Toter. Ich stellte einen Stuhl in die Mitte des Raums. Öffnete die erste Schublade der Kommode. In der gepolsterten Holzschatulle, wo die Accessoires verstaut waren, die wir bei unseren Spielen benutzten, lag auch ein Revolver, der gleiche wie der, den er mir zwei Jahre zuvor geschenkt hatte. Ein Revolver mit leerer Trommel, der für ihn nunmehr ein weiteres Sexspielzeug war. Die Polizei sagte vor Gericht, dass sie in der Wohnung keine Patronen für dieses Kaliber gefunden hatte. Ich tauschte diesen Revolver gegen meinen aus. Ich wickelte ihn in ein Handtuch, ging in die Küche, warf ihn in den Müllschlucker. Das erscheint mir heute absurd. Er landete wohl am nächsten Tag bei der Müllabfuhr. Die Polizei hat ihn nie gefunden.

Ich öffnete den Kühlschrank. Ich hatte schon eine Flasche Dom Pérignon in der Hand. Nahm dann aber eine Dose Cola. Ich fürchtete die Milde, die sich manchmal mit der Trunkenheit einstellt.

Ich setzte mich auf die Terrasse vor den kleinen Pool, nicht größer als ein Jacuzzi. Hinter den Lichtern der Uferpromenade glitzerte das Wasser des Jet d'eau im grauen See wie Staub.

Am frühen Nachmittag hatte ich mich über die Zugverbindungen informiert. Ich wollte die Fotos holen und sie am nächsten Tag seinem Sohn zeigen. Ich hatte meinen Onkel angerufen.

»Hol schnell die Bilder aus dem Schließfach.«

»Schläfst du dann bei uns?«

»Ich komme nicht.«

Ich hatte meine Meinung geändert. Mir war es lieber, er starb. Ich nahm den Revolver. Ging zum Firmensitz seines Unternehmens. Die Empfangsdame erkannte mich.

»Sie brauchen mich nicht anzumelden, er erwartet mich.«

Ich fuhr ins fünfzehnte Stockwerk hinauf. Traf auf seine Sekretärin. Er war allein im Büro. Ich griff in meine Tasche. Packte den Kolben des Revolvers.

Er war nicht einmal überrascht, mich zu sehen.

»Ich habe den Termin bei der Bank heute Morgen ganz vergessen.«

Es machte ihm Spaß, mich zu verhöhnen. Eine Stimme, die lässig aus dem Hals kam, Worte, die er kaum aussprach. Verachtung.

»Wenn du willst, können wir uns heute Abend bei mir treffen. Sollen wir ein kleines Abendessen improvisieren?«

Ich hatte den Finger am Abzug. Hob den Arm.

»Was soll das? Wieso hebst du die Tasche hoch?«

Ich bemühte mich, ihm nicht ins Gesicht zu sehen. Ihm ins Herz zu schießen, so wie er es mir an den Pappfiguren beigebracht hatte. Ich konnte nicht abdrücken. Mir wurde klar, dass ich niemals auf einen Menschen schießen könnte. Bei unseren Spielen konnte ich mir vorstellen, dass in dem Overall niemand steckte.

Der Zeitpunkt seines Todes hing von Verkehrsstaus ab, von seiner Schnelligkeit im Parkhaus, dem Aufzug, der sich Zeit ließ, obwohl er immer wieder auf den Knopf drückte und ihn nach unten rief. Ich bräuchte zwanzig Minuten, um ihn einzucremen und ihm langsam den Latexanzug überzuziehen.

Er kam. Er wagte es nicht, ein Wort zu sagen. Er sah in meinen Augen, dass ich ihn an diesem Abend überwältigen würde. Eine unmittelbare Erektion und dieses Sperma, das ich ihm beim Orgasmus stibitzt habe.

Ich machte ihm ein Zeichen, ins Schlafzimmer zu gehen. Ich zog ihn aus. Cremte ihn ein. Die letzte Ölung. Ich verspürte denselben inneren Frieden wie bei der Bestattung einer jüdischen Freundin, als der Rabbi das Kaddisch gesprochen hatte. Ich zog ihn zärtlich an, so sorgfältig wie ein Einbalsamierer. Er war reglos, friedlich, meinen zärtlichen, parfümierten Händen mit den langen Nägeln ausgeliefert, deren Spuren noch an seiner Zunge zu sehen waren. Ich stülpte ihm die Maske über. Als ich den Reißverschluss zuzog, stieß er einen Laut aus, einen fast schon lustvollen Seufzer.

Eine Mumie auf dem Bett. Fehl am Platz, weitab von ihrer Mastaba, ihrer Pyramide, ihrem Sandloch, wo die Grabräuber sie aus Aberglauben verscharrten, nachdem sie dem Toten den Obolus abgenommen hatten, mit der er die Überfahrt über den Styx hätte bezahlen können – so es ein Jenseits überhaupt geben sollte.

»Steh auf.«

Ich zog ihn vorsichtig hoch. Führte ihn zum Stuhl.

»Hier.«

Er setzte sich hin. Ich nahm das Seil. Er keuchte.

»Beruhig dich.«

Er mochte es nicht, gefesselt zu werden.

»Nur damit du nicht fällst.«

Ich schloss den Karabinerhaken. Er ließ die Arme hängen. Ließ Angst, Euphorie, Panik, Glück in sich aufkommen. Er wusste, der Moment würde kommen, in dem die Gouvernante wütend wird und ihm mit dem Tod droht.

Er hörte, wie ich die Kommodenschublade aufzog, die Schatulle öffnete. Ich nahm den Revolver. Ging zu ihm. Entsicherte den Hahn. Ein vertrautes Geräusch. Ich ließ die Trommel rotieren. Spürte, wie er erschauderte. Ich drückte behutsam den Lauf zwischen seine Augen. Er stöhnte lustvoll auf.

Eine Puppe. Ein Fremder. Ein Tier im Panzer. Ein schädliches Rieseninsekt, grotesk und rosa wie Babywäsche für Mädchen.

Ich drückte ab.

Um vierzehn Uhr holte man mich aus der Zelle. Mein Mann wartete im Besucherraum.

Er sagt, wenn ich herauskomme, hat er keine Schulden mehr. Vielleicht denkt er, dass man mich nicht vor der vollständigen Verbüßung meiner Haftstrafe entlassen wird. Mein Anwalt sicherte mir vergangene Woche zu, dass seinem Antrag auf vorläufige vorzeitige Entlassung stattgegeben wird.

»In einem Monat bin ich draußen.«

»Umso besser.«

Er wirkte beunruhigt. Seine finanzielle Situation hatte sich wohl noch nicht gebessert.

»Ich werde arbeiten gehen, weißt du.«

»Ja, klar. Aber zurzeit herrscht hohe Arbeitslosigkeit.«

»Vor allem bei Exknackis.«

Er ließ nuschelnd den Kopf hängen. Ich machte der Aufseherin hinter der Glasscheibe ein Zeichen.

»Ich lass dich jetzt allein.«

Er wiegte den Kopf hin und her.

»Ich schaffe es kaum ...«

»Ich darf den Besuch des Priesters nicht verpassen.«

Er war eifersüchtig auf die Beziehung, die ich mit diesem Mann geknüpft hatte. Durch ihn habe ich entdeckt, wie gut es tat, an Gott zu glauben. Ich habe ihm mein ganzes Leben gebeichtet, er hat mir die Absolution erteilt.

»Ist es nun so, dass diese Sache einer anderen Frau passiert ist?«

Er schloss die Augen.

»Es ist, als wäre sie überhaupt nicht passiert.«

Er wollte mir antworten. Ich legte ihm den Finger auf den Mund.

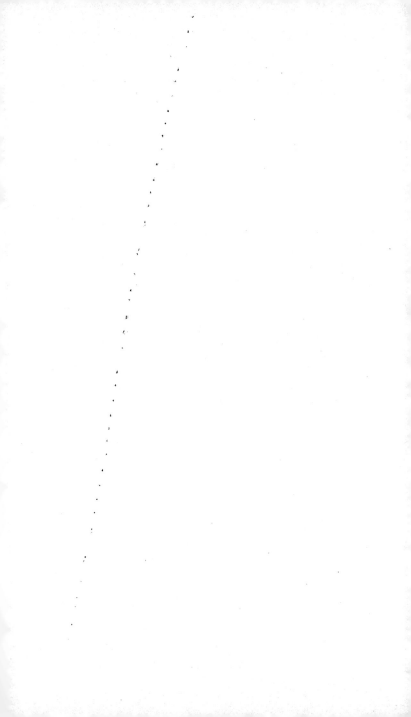

David Schnarch
Die Psychologie sexueller Leidenschaft
Aus dem Amerikanischen von Christoph Trunk und Maja Ueberle-Pfaff. Vorwort von Jurg Willi. 512 Seiten. Piper Taschenbuch

»David Schnarch zeigt, daß Liebesbeziehungen zu einer Differenzierung des Selbst herausfordern. Man muß lernen, sich dem Partner gegenüber mit echten Gefühlen zu zeigen und in der Intimität bei sich selbst zu bleiben. Das ist eine sehr hohe Anforderung, deren Erfüllung oft schwierig und schmerzlich ist. Intimität und enge Bindung sind nach David Schnarch nur möglich, wenn die Autonomie der Partner gesichert bleibt. Erst das eröffnet die Möglichkeit, die Beziehung auch sexuell spannungsgeladen und lebendig zu erhalten.«
Jürg Willi im Vorwort

»›Die Psychologie sexueller Leidenschaft‹ ist ein Klassiker.«
William H. Masters

Doris Christinger und Peter A. Schröter
Vom Nehmen und Genommen werden
Für eine neue Beziehungserotik. 288 Seiten. Piper Taschenbuch

Begehren und begehrt werden, geben und nehmen, genießen und verwöhnen – die Facetten der Lust entstehen immer durch ein Spiel von Nähe und Distanz. Die Sexual- und Paartherapeuten Doris Christinger und Peter A. Schröter sehen in der Öffnung für wahre Weiblichkeit und Männlichkeit den Schlüssel zu einer erfüllenden Sexualität.

Ein Buch, das Mut macht, sexuelle Phantasien zu leben und sich beim Sex lustvoll (ver)führen zu lassen.

05/2361/01/L   05/2632/01/R